Go Go 地《ヘ》獄《ル》！

上巻

森羅 雉美映

Shinra Kimie

文芸社

まえがき

デビュー作『伊予国曽我山狸騒動始末記』をお読みいただきました読者の皆様には、久方振りです。お元気でいらっしゃいましたか?

今回初めて読んでくださいます読者様には、初めまして、よろしゅうお願い申し上げます。

『伊予国曽我山狸騒動始末記』の、ご感想いただきました内容は、おおむね次の二つでございました。

一、読後、何も(読者諸氏の)心に残らなかった。

二、現実に絶対あり得ないことが書かれてあった。

確かにおっしゃいます通り。

一につきまして。大方、読者諸氏も化かされなったのだしょな。わはは!

皆様を化かした犯人（?）は狸か、あるいはカバー絵お化け、妖怪か？　そういうことにしとってやんなはい。書いた本人も、皆様と同じ心境なんですけん。書いた本人が化かされよっちゃあ話んならんのやけんどん、化かされるういうことはそういうものです。二につきまして。〝フィクション〟ですけんなし、現実にないことも書いたて差し支えないと思うんですがな、と。でもまあ、もしかしたら〝事実は小説より奇なり〟の諺通りで、書いた通り、否、書いた以上の事実があったやも知れませんよお……ふっふっふ……。

真相を知るのは、当時、その事実に出くわした者だけです。その事実は自然と忘れ去られた、あるいは当時の諸事情で、無理に忘れ去られたかも知れません。ですけんどや……出くわした者の子孫や、出くわした者から体験談を聞いた人の子孫の遺伝子が、何かの拍子にふと〝自分が想像したことにして〟、その事実を思い出させているかも知れないのです。

読者諸氏の皆様も、ひょっとや、ご自身が不当砲《あてずっぽう》で思い付いたとか、妄想……と思ってらっしゃることが実は真実だったたってこともなきにしもあらず。

ま、とりあえず、とりあえずです。フィクションはフィクションで無条件に面白がっちゃいましょうよ。意味を考えるなんて、それこそフィクションを楽しむ意味がありません。

対極にあるノンフィクションもノンフィクションで、「いや、もしかして、真相の真相は……」と、各々、ご自身のご想像・ご妄想にて、さらなる謎をほじくり返されると、面白さ倍増&新たなる真実に近付ける可能性もあるかも知れません。たとえ、真相が終着駅状態であったとしても、これまで想像・妄想されてきたことは決して無駄ではありません。ほら、ご自身の脳活性化に大いに貢献なさってるじゃありませんか。

※時代と土地特有の慣習を表すため差別的な表現がありますが、差別意識を持って描いているのではなく、歴史的な背景として存在した過去の差別をあえて使わせていただきました。何卒ご理解願います。

※本文中の市町村名は現在のものと異なっているものもあります。ご了承ください。

Go Go 地獄《ヘル》！ 上巻

もくじ

暴走族

テレビ番組ではお馴染みの（読者諸氏は見飽きたとおっしゃるかも知れないが）、「警察24時」オープニングにお決まりで登場する暴走族。二〇一二年現在の愛媛県ではどうか知らないが、あの当時は当たり前に出没していた。宇和島市にも松山市にも。

中でも、宇和島市を拠点としていた集団名『ネフェルティティ』が有名だったらしい。いつ頃結成したものかは不明だが、一時期、愛媛県内で一番大きな集団となった頃もあった様子だ。その人数に似合わず、日本国内全域の暴走族と比べてはるかに、南予地方（愛媛県南三分の一の区域）生まれ特有のノンビリした気質の集団だった。ただし、多少個人差はある。

彼らは司法権などに対する反社会的思想や、親・親族、学校に対する反抗心はなきに等しかった。むしろ、それらに対し無関心だった。彼らの向かいたいところは即ち、〝不良ファッションへの憧れ〟〝人とは違う己でありたい〟〝己のやりたいことを最優先したい〟

というもの。純粋に〝ワル・エエカッコしいをしたい者の集まり〟だったのである。

本気で反社会的思想を支持する者や故意に司法権へ暴力的挑発行為をする者、己から望んで暴力集団と関係する者や入会希望する者など、気質の合わない者はネフェルティティに入らない。入ってもすぐ抜ける。

ネフェルティティ（以下Nと略）へは入るのも自由、抜けるのも自由だった。

さらに、彼らは県内外の他集団にも寛容であり、親切でもあり友好的だった。そういうNの性質《たち》を馬鹿にする他集団の一部に、危険を伴う挑発行為を仕掛けて来る者がいたが、それらにNは乗らず、回避した。どこかで他グループあるいは単独で走る者と出くわせば自ら積極的に話しかけていき、一緒に走る。相手の車両の燃料が切れると、自らの車両の燃料を抜いて分けてやる。代金やお礼は一切受け取らない。

ある時、Nの誰が言い出したか、「瀬戸内海を渡って本州へ遊びに行《い》てみろうやぁ」という話になった。なんのことはない、旅行だ。「行《い》た先で誰かと出くわしたら友達になろうや」とも決めている。

当時、瀬戸大橋はない。フェリーに乗って渡るのが唯一の手段。そこで彼らは、中学生の頃、修学旅行で京阪神地域へ渡るのに高松（香川県）――宇野（岡山県）間フェリーに乗船したことを思い出す。渡った先は誰も彼も〝後は野となれ山となれ〟気分だ。当時は四国の北半分を横断する自動車道（高速道路）も開通していない。開通している二〇一二年現在でさえ長い道中であるのに、どうやって何時間かけて走ったか知らないが、警察にも追われず事故にも遭わず、四国の他集団とも出くわさず、無事に高松の港へ着いた。そこで初めて、Nは揃ってたまげたのなんの。今しがた宇野側より到着したフェリーから、他集団がゾロゾロ降りてきたのだ。向こうもびっくり仰天魚々転々。お互い一瞬、Nはただただポカン！　向こう集団は身構える表情。相手の表情を見て我に返ったNのリーダー、〝敵軍〟へ話しかけた。

「こんにちはぁ、はじめましてぇ。アンタら、どっから来さったん？　俺らは愛媛の宇和島ぁいうトコから、皆で一遍でエエけん、どっか旅行してみろうやあ言う話んなって、とりあえず、ここまで来たんよぉ。グループ名はN、どうぞよろしく」

Nメンバー、リーダーの一声で皆々腹が据わった。リーダーに負けじと我も我もと、口々に相手へ話し出す。どうやらNメンバー、皆々人懐こい性格の様子だ。

「ねえ、その服カッコイイねえ、どこで作ったん？　だいたいなんぼ（いくら）ぐらいするん？」

「わあ！　その旗、スゲエカッコエエ！　エエなあ、やっぱ本州は大都会じゃんかあ。羨ましいなあ。やっぱ高いんやろぉ？　こんだけ凝って作っとるんやもんねえ、なあ！」

「なあなあ、この絵、ペガサスやろ？　誰んデザインしたん？　はあ……マジカッコエエねや！　もしかしてプロのヒト（彼はデザイナーという単語を思い出せなかったのだろう）に描《か》いてもろうたの？」

「ねえねえ、グループは何言うん？　もし嫌じゃなかったら友達んなろうや」

「あ！　このアクセサリー、お洒落でエエねえ！　どこで売りよるん？　エエなあ、都会は。こんなんカッコエエお洒落なモンが沢山《たあくさん》あるんやもんなあ……あんたら羨ましいなあ」

「そうぜ、そうぜぇ。俺ら見てやぁ、これぇ、もう地味や地味や……もうマジダサイしクサイやろう？　いつの時代の暴走族なんやろかなあ？　ドガイぞならんもんやろかなあ。

俺らもアンタらみたいに時代の先端のまだ先端を行てみたいでぇ」

相手は、Nのとても暴走族とは思えない和やかで安気な（警戒しない）言動に面食らった。面食らったがしかし、彼らも見かけほどではない案外おとなしい集団であったのだろう。

Nにつられてすぐ打ち解ける。もっとも個人差はあった様子だが、そこは仕方がないと、Nもそのあたりは理解している。彼らもNと同じことを考えて計画してきたのだった。ただし、愛媛へは行かず、香川・徳島を走り倒《たお》して帰る予定だったらしい。

宇野側から渡ってきた集団は岡山県出身だった。グループ名は『血飲天馬《ブラッディペガサス》』と『堕天馬《ミステイクペガサス》』の連合集団。ブラッディ・ペガサス（B・P）はミステイク・ペガサス（M・P）から〝分家〟したのだという。M・Pのリーダーは小藤淵《こどすえ》。B・Pのリーダーは黒田。M・Pの副リーダーは清水。B・Pの副リーダーは池田。偶然か必然か、時代を超えて、うつけたという者か、カブいた者らであった。宇喜多直家が見たらなんと言うであろうか？　黒田如水が見たら？　清水宗治《むねはる》が見たら？　池田輝政が見たら？
N、本州を目の前にして旅行の計画を変更。せっかく本州からわざわざ遊びに来てくれたのだからと、M・P&B・Pを愛媛の南予地方へ〝招待〟した。Nが内心驚いたのは、M・P&B・Pの資金が潤沢だったことだ。彼らは資金源のことを黙っており、Nも他グループの詮索をしないという〝Nの掟〟を守り、誰も聞く者はいなかった。
意気投合したのはメンバー同士だけではなかった。リーダー同士も同じだ。特に、Nリーダーと B・Pリーダーの黒田とは、昔ならば兄弟の杯を交わしただろうと他のメンバーが噂したくらい、仲がよくなった。

しかし、そこで、NリーダーへB・Pリーダーの黒田が、二人きりになった際に話した内容は、Nリーダーによくない記憶を残す。黒田の話した内容とは……。

このグループの資金は全部、小藤淵が出してくれているんだ。小藤淵っていう苗字、なんだか珍しいと思わないかい？　思うだろ？　あのさ、小藤淵のコの字は『小野』っていう苗字の小を取ってるんだ。ドの字は『藤原』っていう苗字の藤を取っているんだよ。スエはフチとも読めるのだけどね。小野と藤原との両方の血を引くっていう意味なんだ。小藤淵家は小野家と藤原家という二つの血の淵から流れ出しているっていうこと。そして小藤淵の先祖は、あの戦国武将の宇喜多直家だ。あ、知ってる？　え？　知らない？　ああ、別に知らなくても大丈夫だよ。僕達が通ってる高校は地元だからテストに出るけど、君達の学校では出てないと思うよ。あ、やっぱり出てない？　じゃあ知らなくても大丈夫だね、あはは！　点数に影響しなければ知らなくて大丈夫だよ。わはは！

えっと、ね。まあ、話は聞いてくれるかい？　知ってて損する話じゃないからさ。その小藤淵一族の先祖にあたる宇喜多一族は、藤原家の血を引いているんだ。それで、その藤原家の血を引く宇喜多直家の子供は、あの有名な戦国大名の宇喜多秀家の他に娘も何人かいて。あ、じゃあ、宇喜多秀家はどう？　え？　やっぱり知らない？　ああ、やっぱり有名なのは織田信長と豊臣秀吉と徳川家康くらいなもんだよね。後は武田信玄とか上杉謙信とか、伊達政宗とか大友宗麟とかね。それと毛利元就とか北条早雲とかさ、他には斎藤道三とか朝倉義景とかね。あ、福島正則や加藤清正も。あはは！　他にも言えるよ。まあ、確かにね。宇喜多秀家が学校の歴史のテストに出るのは岡山県ぐらいなもんじゃないのかなあ……。

ああ、あのさ、岡山にはさ、『岡山城』っていうお城があるんだけどさ。戦国時代には宇喜多秀家がそこの城主だった時もあるんだ。よかったら今度案内するよ。ぜひ遊びに来てくれよな。

あ、でさ、話を戻すよ。あのさ、娘。えっと、宇喜多直家には娘がたくさんいたんだ。でもね、宇喜多直家の娘といってもさ。世間に知られている正室や側室の産んだ子供じゃないんだ。側室よりも格が落ちる〝妾〟っていう身分のクラスが産んだ娘の話を、今からさせてもらおうと思ってる。直家にはその妾クラスが何人もいてね。妾といっても、そんじょそこらの妾じゃないよ。直家はプライドが非常を超しちゃって異常に高かったからさ、側室より格下の妾をつくるにも、ある程度身分のあるところの娘からしか選ばなかったんだ。それも美人と見れば相手に恋人がいようと婚約者がいようと、旦那さんがいようと、後家さんだろうと出戻りだろうと、手段を選ばず、とにかく自分のモノにしたというから始末に負えないだろ？　そんじょそこらの政治家もびっくりするよな。その妾の中の一人が、小藤淵の先祖の母親となったわけだ。実はその妾だ。彼女は俺の先祖の一人なんだ。

俺の先祖は戦国武将の黒田如水なんだけど。あ、もしかして知ってる？　あのさ、黒田官兵衛とも黒田孝高《よしたか》とも言うんだけどね。あ、やっぱり知らない？　あ、イイよ、謝らないでくれよな。別に知らなくても生活に困ることじゃないよ。ちなみに俺んちは如水の直系の子孫じゃないんだ。如水の祖父《じい》ちゃんの兄弟から出た子孫なんだ。その、黒田如水には妹がいてね。あ、この妹ってのがさ。他にも別の説があるんだよ。如水の妹じゃなくて、如水の叔母さんだっていう説がね。でも俺の家は代々、如水の妹だって言い伝えてきてるんだ。だから俺も如水の妹っていう説に従って話すよ。ああ、ゴメンなぁ、こんな漬け物石みたいな話に付き合わせたりして。わはは！　この妹、縁あって、ある人のところに嫁ぐことになった。ところがその結婚式の当日の夜に、妹の結婚相手の家と敵対する奴らによって、妹も旦那も殺されちまったんだ。あぁ、凄ぇ怖い話でゴメン！

まぁ、歴史の表向きではそう言われているんだけどね。

だけど真相は違うんだ。事件の黒幕は宇喜多直家だったんだよ。まあ、如水の妹の旦那の家をAとしてね。Aの敵である家の主人をBとしようね。ある時さ、AとBとの仲が凄く悪くなっちゃってね。それが頂点に達した時に起こっちまった事件だったんだけどさ。それを利用しての犯行って言うのかなあ。実はね、AとBは実の兄弟なんだ。もともとこの兄弟は仲よかったんだよ。でさ、途中までは仲よかったんだけどさ、途中から仲が悪くなってね。一族の総領の座の取り合いを始めたんだ。そこへ目を着けたのが宇喜多直家ってヤツ。直家はね、AとBとの仲をもっと悪くさせてさ、大喧嘩をさせて、両者を共倒れにさせて、AとBの領地を自分のものにしてやろうと企んだってわけ。それでね、直家は自分の家来や取り巻きに命じてね。AとBの仲が悪くなるような騒ぎを起こさせたり、嘘の噂を流させたりしたんだ。

それにAとBはマンマと引っかかっちゃったんだよ。そこでAは味方を増やしてBに勝とうと考えたってわけ。それで如水の家に白羽の矢が当たってね。Aの息子と如水の妹を結婚させようという話が決まったんだ。その話を直家は聞き逃さないよ。

直家はね、如水の妹の結婚式を邪魔する直前に、自分が飽きて相手にしなくなっていた妾を襲って殺している。その死体をさ、結婚式場まで運んできてさ、それを如水の妹の死体だと思わせたんだ。ただ、そのままだと顔が違うから偽者だとバレるだろ？　そこでだ、結婚式場へ火を付けて全部焼き倒した。焼いてしまえば皆黒コゲ。誰が誰だかわからなくなるからな。で、本物の如水の妹は略奪されていった。妹が舌を噛めないように猿轡《さるぐつわ》を咬まして直家の家まで連れていった。そして生まれたのが女の子。ソイツが小藤淵の先祖の家へ嫁に行ったんだよ。

この話は俺の家と、本当に一部の親戚しか知らない話だ。九州（福岡県）に住んでいる（黒田家の）子孫のヤツらや、お家騒動のイザコザが後を引いてさ、体裁のいい理由を付けられて、四国へ追っ払われたヤツらの子孫には知らされてない話だ。俺の家は、如水と如水の子供の長政が九州へ渡った時点で、九州や四国の子孫とはもう他人だよ。血は繋がっているけれどね。俺の家の先祖は事情があってさ、徳川家康が将軍になるずっと前から別の大名家の家臣をしてたからね。関ヶ原の戦いよりも前の話だよ。あ、関ヶ原の戦いは知ってるよね？　あ、知ってる。ああよかった。あはは！　だってこれはさすがに、小学校からテストに出るよねえ。あはは！

まあ、そんなわけでさ、如水や長政にくっ付いて九州へ行かなくて済んだんだ。

もう九州や四国とは付き合いがまったくないからな。どんなヤツらなのか知りもしないし、今さら知りたいとも親戚付き合いしたいとも思ってないよ。

それでも事情をよく知っているヤツがいる。小藤淵一族だよ。小藤淵一族はこの話を全部知ってる。何せ事件を起こした張本人の子孫だからな、当然だよ。如水自身はもちろん知っていたよ。

その理由とか詳しいことは先々話すけど、聞いてくれるか？　ありがとう、うれしいよ。

とにかく如水は知っていた。知ってはいたけど息子の長政には話していない。家臣の誰にも話してない。だけど俺の先祖だけはこうやって言い伝えてきたんだ。歴史の事実は曲げちゃいけないってさ。ただし、門外不出、一子相伝の言い伝えってヤツ。まだ今の時世じゃ本当のことを世間へ出すには早過ぎるって、俺の親父は言うんだよ。それでもいつかは、世間に公表しても大丈夫な時期は必ず来るから、その時が来るまで絶対忘れないように代々語り継いでいくんだ。紙には書いて残さないのが鉄則なんだそうだ。紙に書くとね、案外忘れちゃうものなんだって。脳味噌が忘れた時に限って、家が火事になったりして文書が家ごと焼けちゃったり、でなきゃ盗まれたりしてね。とにかくろくなことがないそうだよ。

まあ、それでもさ、実の親子の間でも何もかも知らされるより、知らされずに済んだ方が、子孫が先々スムーズに世渡り出来ることもあるだろ？　くだらんシガラミってヤツだよ。あるよりないに限るだろ？　マジ馬鹿げたっていう話ばっかりさ。正直もう嫌《や》んなっちゃうよ。

あ、それでね。直家の野郎は、Ａの息子の結婚話を聞く前から如水の妹をどこかで見かけて気に入ったんだ。その時直家の年齢が三十六歳、如水が十九歳、妹は十五歳から十八歳の間だよ。直家と如水の妹との年齢差を考えると気持ち悪いんだけどね、ロリコンみたいで。わははは！

でも昔は、そんなの珍しくなかったからね。政略結婚って聞いたことあるだろ？　でも案外、直家の場合は政略にかこつけてホントはロリコンだったりして。プウッ！　マジ気持ち悪いよなあ……。そうでなきゃ、如水の妹が年に似合わず大人っぽくて色っぽかったのかもね。案外早熟だったんだろうね。ほらあ、女の子って見かけによらず皆早熟なトコロがあるだろ？　なあ？　そう思わないか？　やっぱり思うだろ？　あははは！　案外、昔の男のヤツらは全員ロリコンで、女の子は皆早熟だったりしてな、わははははは！

あ、俺はロリコンなんかじゃないよ。誤解しないでね。わはは！　嫌だなあ。あ、ちなみに俺には妹がいるけど、妹は早熟じゃないからね。俺一人で何ほざいてんだろうねえ……わははは！

あ、悪い悪い！　話戻すよ。そこで、さ。直家は如水の親父へ、お宅の娘さんを俺の嫁にくださいって交渉したんだよ。でもね、如水の親父は、普段の直家の評判がめちゃ悪いもんだから拒否したんだ。だから強硬手段に出たってわけ。まあ、偶然が重なったっていう考え方もあるし、Aの息子の結婚相手ってどんな女だ？　なんてさ、スケベ心丸出しで調べてみたら、自分のモロ好みだったたって話かも知れないしね。まあ、そのあたりの話はどうだってイイんだけどさ。

じゃ、なぜ如水は、自分の妹が直家に奪われて結婚したっていうことを知ってたか？　っていう話の答えを言おうか。

事件が起こった翌日だよ。如水の家へ直家から手紙が来たんだ。手紙には、昨日の晩に起こった事件のことが書かれていてね。お宅の娘さんは無事だから安心するように、って書いてあった。娘さんには手を一切触れていない、ともね。で、もう娘さんは返さないが、大事にするから心配するな、とも書いてあったんだ。その手紙にはね、娘の筆跡で親父や兄貴へ書いた手紙も同封してあったんだって。

直家は、如水の家を自分の家来に抱き込む心算《つもり》だったんだ。娘は人質だよ。如水と如水の親父さんはこのことを主君に話してないんだ。自分が直家と手を組んだように誤解されたら困るだろ？　自分の主君と直家は敵同士だからね。それで妹のことは諦めたんだ。可哀相な話だけどね。とりあえず無事でいてくれただけでもよかったって思うしかないじゃん？

それから妹はどうなったかって？　如水が三十二歳で、直家が四十九歳の時だよ。如水が直家んちへ取引に行くんだ。

その頃如水は、あの織田信長の家来になってたからね。直家はまだ信長の敵だったんだ。如水が直家へ、信長の味方になってくれと頼んだわけ。この時は如水の立場が直家よりずっと上になってたんだ。直家は信長の味方に付いたよ。その時さ。如水は直家の屋敷で、やっと妹と涙の再会を果たせたんだ。妹は表向き、直家の遠縁にあたる貧乏武士の家の娘ってことにされてたけど、実際、直家の屋敷では奥方様並みに大事にされてたそうだよ。

直家の子供を産んでいるけど、男の子を産んだかどうかはわからない。

だけど女の子はたくさん産んでいるよ。ウチでの言い伝えじゃあ、直家の息子の秀家は、もしかしたら黒田如水の妹と直家との間の子じゃないかって言われているんだ。

でなきゃ、他の妾の中に『小野』っていう苗字の奴がいたんだけどね。

あぁ、その人は、もうスゴイ大昔の話になっちゃうけどさ、聖徳太子、そう、あの聖徳太子だよ。わはは！　そうなんだ。そう、そのさ、あの聖徳太子のもとにいてさ。遣隋使をやったっていう『小野妹子』、習ったよね？　あ、知ってる？　よかった、覚えていてくれてて。ああ、名前が芋みたいで笑えたからね。わはは！　皆同じこと想像しちゃうんだなあ、わははは！　だいたいねえ、あんなカビ臭い授業なんて、変な名前だとか面白い話でもなきゃ覚えてられないよ。なあ？

そう、その小野妹子の子孫の一人なんだ。その人が秀家を産んだかも知れないっていう話もあるんだ。

どっちの説も世間や学者の研究なんかには出ていない話だよ。ウチだけに伝わっている話だ。

まあ、とにかく、如水の妹が産んだ娘は全員、小藤淵の一族へ嫁に行ったり養女になったりしてる。小藤淵一族の男の顔が皆、直家そっくりっていう理由もわかるよ。マジそっくりなんだ。

小藤淵の先祖のお墓は、皆まとめて小藤淵んちのお墓の敷地内にある。そこには直家の墓と、直家の娘の墓もある。如水の妹も直家のお墓に一緒に入っているよ。遺言で頼んだんだって。自分が死んだら直家と一緒に埋めてくれって。情が移っちゃったのかな?

それとも案外、マジ恋愛結婚になっちゃったのかも、ね。

如水の妹の存在は、如水との再会を果たせた後も最後まで隠していたんだ。だから秀家も知らないことだし、信長も秀吉も家康も知らずに終わってるんだ。まあ、知らないで済んでるからこそ、今の時代に小藤淵一族も黒田一族も生き延びてられるんだろうね。

直家が死んだ後どこへ埋葬されたかっていう話も、表向きわからないことになっているけど、実際には小藤淵家にある墓へ入っている。骨がちゃんと埋まっている。小藤淵一族の中では、骨じゃなくてミイラだと言う者もいるよ。どうして小藤淵家のお墓に入っているかと言うとね。直家は生きている頃、あこぎなことをさんざんしてきたから、領民にも敵対する者にも味方の一部にも滅茶苦茶怨まれていたんだ。彼のお墓を、皆のわかるところへ造ったら跡形もなく壊されるに決まってるから、それを恐れて小藤淵の家のお墓へ入れた。

入れた当時はまだ小藤淵という苗字じゃなかった。別の苗字を名乗っていたけど、もうその苗字がなんだったか知っている人はいないと思う。まあ小藤淵一族は知っていると思うけど……。直家が死んだ当時の小藤淵家は周囲が洟《はな》も引っかけない、一族のみならず、敵にも味方にも殆ど忘れ去られた末席分家だった。だとしたら、そんなところへなぜ直家が大事な娘を嫁に出したり養女に入れたりしたんだろうって思うだろ？　それはね、己の死んだ後にいろいろ騒動が起こることを予測して、イザとなっても自分の血が確実に残って、宇喜多家の勢いを取り返してくれることを期待したんだ。だからこそ、敵にも味方にも見つかりにくい少しでも安全な家へ、周りが忘れたような親戚の端くれへ娘をやったってわけ。

あ、あと、ちょっとクドイんだけどさ。もう一つ、この話にはオマケがあるんだ。

実はさ、直家が如水の妹を奪い取った際に、如水の妹の身代わりを拵《こしら》えただろ？　あのね、その身代わりにされた妾っていうのがさ。俺の直の先祖の一人なんだ。さっき、俺の直の先祖は、如水の祖父《じい》ちゃんの兄弟だって話したと思うけど。その兄弟っていうのが、兄か弟かハッキリしないんだ。まあ、ここでは弟にしとこうか。その弟の娘が直家の妾になったって言うか、されちゃったんだ。そう、彼女は如水の叔母だよ。如水の親父の従姉妹なんだ。ああ、叔母さんって言ってもね。昔は皆、凄く若いうちに結婚して、たくさん子供を産むだろ？　だから如水と叔母さんの年齢も近いんだ。その、如水の叔母っていうのもね、ホントは結婚してたんだ。でもね、結婚相手は新婚早々闇討ちみたいなのに遭っちゃってな。殺されてるんだよ。その直後にな、如水の叔母は直家の妾にされちまったってわけ。

如水の親父の従姉妹が直家に騙し殺された話を、如水や如水の親父さんは知らずに終わっている。如水の妹が知ってたかどうかもわからない。

だけど俺の先祖は知っている。直家に殺された妾をCとしとこうか。Aと如水の妹の結婚式が行われた日の夜、すなわち、事件のあった日にね、Ｃの家にたまたま泊まりがけで遊びに来てた奴がいたんだ。誰かって？　それはね、Ｃの妹なんだ。で、妹がね、たまたま便所に入ってたんだよ。それで彼女は殺されたりさらわれたりせずに済んだんだけどさ。便所に入ってる時にね、ちょうど直家がＣの家へやって来て、Ｃを殺したんだ。Ｃの妹はその時、お客様が来たと思って、挨拶しなきゃと慌てて便所から出たんだけどさ。自分のお姉さんが、お姉さんの結婚相手に斬られたのを見て、慌てて便所へ逃げ戻ったんだ。直家はＣの妹に気が付かないで、Ｃの死体を家来に命令してさ。家来がＣを筵《むしろ》で巻いて、それを黒い布で包んで、馬の背に縛り付けたんだ。Ｃの妹は直家達に見つからないように用心しながらさ、隠れて様子を見ていて、彼らの跡を付けて行ったってわけ。

　直家は途中で他の家来と合流してね。そこからはさっき話した通りだよ。如水の妹の結婚相手の家を襲ったんだ。Ｃの妹はね、如水の妹が直家にさらわれるところも、如水の妹の結婚相手や、結婚相手の親や家来が全員殺されるところも見たんだ。Ｃの死体がそこへ置き去りにされたところも見ている。その時までは、Ｃの妹はＣが死んだか生きているかわからなかった。そこで、直家達がいなくなったらＣを助けようと思って隠れていたんだけど、直家達が屋敷に火を付けたもんだから助けられなかった。それどころか自分も逃げ遅れると焼け死んでしまうから、慌てて屋敷から逃げ出したんだよ。そしたらね、屋敷の門の外へ飛び出た途端、目の前になんと直家がいてさ。直家は自分の乗った馬に、気を失わせた如水の妹を乗せてたんだ。直家は、見たことはあるけど、今ここにいるはずのない女の子が飛び出して来たものだからびっくり仰天！　同時にCの妹もぶったまげたんだけど、逃げなきゃ！　と思って、慌てて暗闇の方へ走って逃げたんだ。

直家は追っかけて来なかったよ。Cの妹は暗闇から、直家達が、自分の逃げた方角とは反対の方へ向かって馬を走らせて行ったのを見ていた。直家の家来が松明を持っていたから、そこだけ明るくてハッキリ見えたんだって。

Cの妹は泣きながらAの屋敷の前へ戻って来て、Cの名前を叫んで呼び続けたんだけど、とうとうCは屋敷から出て来なかった。そのうち、近所に住んでいる人達が火事を消しに来てね。Cの妹から話を聞いた人が、火が消えてから屋敷の焼け跡から死体を見つけてくれたんだ。体は真っ黒焦げだったけど、着物の柄とか色が少しだけ焼け残っていたので見分けられたらしいよ。

次の日の朝になって、近所の人がCの妹をCの死体と一緒に、Cの実家である黒田の家まで送ってくれたそうだ。送ってくれた人とCの妹の話とを聞いて、黒田の家は大変だったそうだけど、取りあえず、送ってくれた人にたくさんお礼をしたんだ。その時にね、Cの妹が、

「私もあと五年経ったらお嫁に行く歳になるから、宇喜多直家のところへお嫁に行かせてください。隙を見て、直家の首を必ず取って姉の仇を討ちます」ってキッパリ言ったそうなんだけど、家の人全員大反対したらしいよ。「これ以上、大事な娘を化け狐に食い殺されてたまるか！」ってね。


まあ、そんなトコロだよ。

ねえ、ウチはマジ複雑だろう？　もう複雑過ぎて脳味噌爆発しそうだろう？　本当にごめんな？　変な話ばっかりしちゃってさ。

ああ、じゃあ、話は思い切り打《ぶ》っ飛ばしてさ、現代の話をするよ。マジごめんなぁ。

小藤淵一族はどれくらい昔かわからないのだが、とにかく昔からお金に困らない一族

だった。

今もどこから入るのかわからないお金がたくさんある。あの一族は高利貸しもしているから、お金の殆どはそこから来るんだろうな。高利貸しをしていることを知っている者は、M・PとB・Pの中でも俺と小藤淵一族のヤツだけだ。他のヤツらはみんな金の出どころを知らない。

だから、よそ様はもっと知らない。金を借りた家も、小藤淵一族から借りたことを固く口止めされている。だから借りる者はどうやって、小藤淵一族が高利貸しをやってるかってことを知るのか謎だ。小藤淵一族の七不思議の一つだよ。

他のグループのヤツらは、なおさら全然知らない話だ。その高利貸しをしている小藤淵一族の家にたまたま男の子がいて、その子がM・PやB・Pへ入ったら、その子が資金の面倒を見る代わりにリーダーとなる。次のリーダーにたまたま小藤淵家から入る子がいなくてもお金の心配はいらない。ちゃんと元リーダーや元メンバーの小藤淵が資金や活動の面倒を全部見てくれるからだ。ただ、M・PもB・Pも女の子は入れない。入れるのは男だけだ。女の子を入れない理由はわからない。

小藤淵一族は男の子も女の子も平等に扱っている。それはとてもいいことだと思う。でもな、反面、一族内の子供に甘過ぎて、好き放題甘やかしている。これは男の子にも女の子にも当てはまることだ。小藤淵の大人は皆、子供が不良になったり暴走族に入ったりするのは成長期の過程の一つなので仕方がないと思っている、というか、諦めている。大人達も、若い頃に暴走族へ入っていても入っていなくても、いろいろと暴れてきたから、子供にちゃんと説教出来ない。自分のようになって欲しくないと、ちゃんと言えばいいのに言わない。

これはただの甘やかしだ。自分もこの通り愚連《ぐれ》て、小藤淵の世話になっているから偉そうなことは言えないんだけどね。

とにかく自分やメンバーが今着ているグループの服もアクセサリーも旗もバイクも車も全部、小藤淵が出してくれた。俺んちは金ないし、俺の小遣いじゃとてもこんなカッコは出来ないよ。どっちみち俺の通ってる高校はバイト全面禁止なんだよな。まあな、このくらいの校則は守ってやらなきゃ無事卒業出来そうにないしな。バイトが学校に見つかったら即、問答無用で無期停学だよ。ねえ、お前の学校はどうなの？　え？　バイトＯＫなは！

の？　イイなあ、羨ましい……。俺、お前と同じ学校へマジ転校しようかなあ！　わはは

小藤淵の金の事情だけは、他のグループにも誰にも言ってはいけないんだ。小藤淵一族が面倒見てくれるグループはM・PとB・Pだけだ。他のグループへ入ったら、たとえ小藤淵一族の子供であっても一円も出してはくれない。たとえ親子であっても兄弟であっても。

だから小藤淵の子供は全員M・PかB・Pへ入る。抜けるのは自由だ。ただし、今まで身に着けていたものは全部返さなきゃいけない。逆にM・PやB・Pへ入るのは簡単じゃない。小藤淵一族の誰かが、入隊希望者の素性をいろいろ調べている。ソイツの目に適ったヤツだけが入れる。

それと、口の軽いヤツも絶対に入れない……まあ、俺、お前にペラペラ喋っちゃったけどさ。今、誰もいないよな？　あ、ここ、誰か来たらすぐわかるよね？　よかった。小藤淵にバレたらマジ、ヤバイからな。

俺はお前を信じているから話すんだ。こんなこと、俺の親にも姉貴にも妹にも話しちゃ

いないし、学校の親友にも話してないよ。ウチの爺ちゃんや婆ちゃんにもな。

頼むからこの話、黙っていてくれよ。この先、誰かに何か聞かれても絶対に知らぬ存ぜぬで通してくれ。でないと、お前の身もマジ、冗談抜きで危ないよ。いいか？　お前から尋ねられもしないのにこんな物騒な話をする俺も俺だけど、俺がお前にどうしても話しておきたいと思ったからだ。話す必要があると思ったからなんだ。

俺からお前に頼みがある。お願いだから、ＮのヤツらにはＭ・ＰやＢ・Ｐの金に関する噂をさせないでくれ。ヤツらの命も保証出来ないから。

それからさ、愛媛の誰かで、お前の知っているヤツがもし、Ｍ・ＰやＢ・Ｐに入りたいと言い出すヤツがいたら、もう何がなんでも引き止めてくれ！　お前の大事な友達ならなおさらだ。

そしてもう一つ！　クドイようだが、な。将来自分達が結婚する年齢になった時だ。もし好きになった相手が小藤淵姓のヤツだったら絶対に諦めろ！　やめとけ！　ヤツらは娘婿に冷たいなんてもんじゃない扱いをするぞ。そしてな、お前自身の姉貴や妹や親戚や友達や知り合いでもだ、女の子を絶対にお嫁にやるなよ……マジ、殺されるぞ。今、小藤淵の嫁や婿で無事に生きてるヤツは全員、小藤淵と血の繋がったヤツばっかりだ。

ウチも人のことは言えない。俺の親の代まで一族の中に同族結婚があったからな。でも、小藤淵のウチもそうだ。とにかく他人が入ると絶対にヤバイぞ。どうして他人だったら駄目なのかは俺も知らない。確実に安全なのは子供だけだ。子供だけは小藤淵の血を引いてさえいれば、どこの誰が何人産んでも大丈夫。親族挙げて、無事ちゃんと世話してくれる。財産も正当に渡してくれる。ここまで言うのはな、実は俺の義理のイトコが小藤淵へ嫁に行ったからだ。二人いた。一人は見合いで、もう一人は恋愛だ。それが二人とも変な死に方をした。表向きは病死とか事故死なんだけどな。それともう一人。他にも俺の親父側の義理の親戚から小藤淵へ婿に行ったヤツがいる。

でも、ヤツも変な死に方をした。自殺だ。でも絶対に変なんだ。死ぬ前日だよ、前々から俺の親父と一緒に釣りに行く約束してってさ、いろいろ準備してたんだ。ウチへ来て上機嫌で道具の手入れとか、スケジュールの細かい確認をしてたからな。いくら義理だといってもウチの一族じゃ、もう三人も小藤淵で変な死に方をしている。

ウチだけじゃない。他の家から嫁や婿に行ったヤツらは軒並み変な死に方ばかりしているんだ。もう、何人も。他の家から入ったヤツらは皆、子供が成人した後にすぐ死んでいるんだぜ。

だから、な。これだけは守ってくれ。俺、お前を親友だと思っている。お前が俺のことをどう思ってくれていても構わない。でも、マジ、俺はお前に会えてよかった。本当に嬉しかった。いろいろとよくしてくれて本当にありがとう。M・PやB・Pの皆の面倒もよく見てくれて、親切にしてくれて本当にありがとう。本当に、心から感謝している。愛媛の南の連中がこんなにイイヤツらだとは思ってもみなかった。もっと早く会っていたかったな。

最初はマジ、疑っていた。本当に悪かった。許してくれ、ゴメン！　実は同じ愛媛でもな、松山の連中（暴走族）は、山口（県）や広島や岡山のヤツらとしょっちゅう角付き合わせているんだ。ウチはこの通り、カッコつけたくてやってるだけだからさ。松山の連中が海を渡ってきたら一目散に撤収するんだけどさ。他のグループのヤツらは反撃しまくってるよ。松山のヤツらにはマジヤバイ後ろ盾が付いているらしいな。乗ってくるフェリーも全部タダらしいぞ。あ、ウチはきちんと払っているから安心してくれ。と、言っても出してくれてるのは小藤淵なんだけどな。

とにかく、もう、暴走族の姿では絶対に本州へ渡るなよ！　お前ら、松山の連中と間違えられてマジヤラレルぞ！　コッチの別チームは松山のヤツらにさんざんヤラレタらしいからな。岡山のヤツらで無傷なのはＭ・ＰとＢ・Ｐぐらいなもんだよ。そしてな、本州のヤツらとはもう関わるな！　絶対に。な。な。

Ｎリーダーは、聞かされた話は何があっても秘密にすると黒田へ誓った。

そして黒田に言われた通り、理由は言わないで、「Ｎはこれより先は、Ｎのもともとの活動範囲を出て走ってはいけない」とメンバーに言い聞かせている。それは忠実に守られ、以降、Ｎが解散するまで、もともとの活動範囲を一歩たりとも出ていない。

Ｎリーダーは、黒田がなぜ昨日今日友達になったばかりの自分へ、複雑怪奇な打ち明け話をしたのかさっぱりわからなかった。しかし、どうしたことか、話を聞かされたその場で黒田へ、『なぜ自分にそのような小難しい話をして聞かせたのか?』とは聞かなかった。聞く気がしなかったのだ。彼は生来、聞き役に回る側の性質《たち》であったから、聞かされること自体にはなんの苦痛も感じていない。そこをも見抜いて黒田は打ち明けたのであろうか?

実は黒田、自己紹介をし合った際に、Nリーダーの苗字を聞いて内心たまげている。Nリーダーの苗字は「浦上《うらがみ》」。彼、浦上の先祖の一人は、黒田がNリーダーの浦上へ話して聞かせている戦国武将宇喜多直家に暗殺されたAとAの息子、『浦上政宗・小次郎』親子である。政宗・小次郎親子と一緒に殺されたとされる、小次郎の新妻が黒田如水の妹だ。浦上の直系の先祖は、浦上政宗が妾の一人に産ませた子供だった。

黒田は、浦上が打ち明け話に反応するかどうか神経を尖らせていた。浦上は反応していない。彼は自身の先祖が何者であったかまったく知らないからだ。実は、浦上の父親も、自身の先祖が何者か知らない。尤も、父親は先祖という存在にまったく興味を持たないで来ているが。しかし、浦上の祖父と曾祖父は知っていた。二人はある時、話し合って決めている。

「大昔の、此方此方《こちこち》ん、ように知りもせん先祖のシガラミに、いつまぢも囚われよったち、ろくなこた、あらせんぞ。今から先々は、いつどこで、昔の仇やら敵やら知れん者《もん》らと一緒んなっち、仕事やら何やらセにゃイケンようんならんとも限らんけんの。もう昔の話はせずに仕舞おうわえなえ。先祖の話も誰ゾに聞かれたち、知らぬ存ぜぬで、惚けち通そうわえなえ。何《なん》ゾに書いち残すようなことも、極力せんようにしょうぞ」

訳……昔のことは胸の奥に仕舞い込んで、早いうちに忘れて、子孫には黙っておこう。誰かに先祖のことをいろいろ聞かれても忘れた振りをしよう。大昔の先祖のシガラミをウジャウジャ言い続けることは、なんの役にも立たないし、新たなシガラミを増やすばかりで、生きていく先々の障害となるからである。書面に書いて残すこともするまい。

ゆえに浦上と父親は何も知らずにいる。知らなかったところで困ることは何もなかった。浦上家の事情を知らない黒田は、もう一つ心配している。それは小藤淵の反応だ。自己紹介で浦上が自身の苗字を話した際、小藤淵が反応するのではないかと思ったのだ。しかし小藤淵は反応しなかった。普段のクールな笑みを見せている。

黒田は小藤淵の表情を見て内心安心した。小藤淵と浦上との仲がギクシャクすれば一大事だと思ったからだ。

黒田はNと別れて本州へ帰還した翌日、他界している。自殺ではない。事故死でもない。病死でもない。他殺、殺されたのだ。

暴走族が身に着けるマフラー、それも上等な絹製のものであるが、これは彼が普段身に着けていた物だった。それで手足を縛られ、後ろ首を深く刺されている。凶器はそこにない。発見された場所は、黒田家墓所【注】の石塔の前。


【注】

〝黒田〟の死体が発見された墓所は、黒田本人の直系先祖代々が納まっている墓所のことである。黒田如水の曾祖父らが納まっている墓所とは別地であるため、お寺もお墓も無関係。

参考まで、黒田如水の曾祖父らが納まっている墓所の所在地は、岡山県瀬戸内市長船町大字福岡にある妙興寺。同寺墓所には宇喜多興家（宇喜多直家の父親）と秀家のお墓（秀家の分は供養塔であろう）もある。

禍

朝方、住職が掃除がてら、敷地内にある墓地を見回っている最中に黒田の変死体を発見した。事件はテレビにも新聞にも出なかった。家族が世間体を気にしたからである。死に方も死に方だが、それ以上に、生前の黒田本人が暴走族に入っていたことを、祖父母や両親はまったく知らなかったという衝撃があった。彼はよほど巧いこと隠していたらしい。と言うよりも、親が、息子（黒田）に対しては、学校内での成績と態度さえ良ければ、他はすべての面において放任という主義だったからだ。

黒田が日をかけて、Ｍ・ＰやＢ・Ｐの仲間と連れ立って四国へ旅行した際にも、親へは

「小藤淵のウチへ泊まる。もしかしたら小藤淵が親戚の人達と四国へ旅行するかも知れないので、その時には一緒に連れて行ってもらえるかも知れない。お金も皆出してもらえる」

と嘘をついている。これは小藤淵が付けた知恵で、小藤淵の親戚も口裏を合わせてくれ

ていた。

黒田を殺した犯人は未だ見つからない。悪いことには、黒田が殺されたであろう、そして墓所の石塔の前に転がされたであろうと思われる時刻を挟んで前後に大雨が降っている。「晴れの国、岡山」と称されるほど、一年を通して雨天日の少ない、降ってもバケツをツンブリかやしたほどには降らない県であるので珍しい。

台風でも梅雨明け前の半夏水《はんげ》でも春嵐でもないのに、本降りを越して大降りだった。雨はお寺の住職が庭へ出る数分前まで降っていた。住職は、雨が止むのを待って外へ出たのである。血は雨で綺麗に地中へ吸い込まれた様子だ。死体にも地面にも付いていない。

当寺敷地内墓所の地面は一帯に玉砂利が敷いてあるので、足跡も見つからない。

警察は、他の暴走族グループによる犯行ではないかとしている。所属していたＭ・ＰやＢ・Ｐでの彼の評判は真《まこと》によろしく、生前の彼を慕いこそすれ、悪く言う者は誰もいなかったからだ。

それどころか、皆々彼の突然の死にひっくり返るほどたまげて、たまげ過ぎて寝込んだ者が続出した。寝込んだ一人にＭ・Ｐリーダーの小藤淵もいる。警察の目には、黒田に限らず、M・P&B・Pメンバーは皆、一枚板も敵わないほどに仲がよく、互いの信頼関係も確固たるように見えている。さらには、全員暴走族と呼ぶにはあまりにお人好しな上におとなし過ぎる性質だ、とも見ている。そういった背景を元にして、警察は、ただのエエとこ育ちであるカッコ付けたがりなお坊ちゃんの御痛遊《おいた》びが嵩じた末のグループ結成だと取っている。

捜査上でお決まりに出てくる〝職業の勘〟を抜きにして、現実に決定的なのは、事件が起こったと見られる時間帯には、全員裏付けの取れるアリバイがあったことだ。

ゆえに、彼らの中に犯人はいないと判断している。加えて今回の捜査では、彼らの活動資金が小藤淵一族から全額出ていることなどは突き止めていない。

黒田の死を浦上が知ったのは、黒田の死後一週間経ってのことだった。浦上の家のポストへ手紙が一通届いている。送り主はB・Pメンバーの一人である中山だ。彼は浦上に憧れ、ぜひにと頼んで彼の住所と電話番号とを教えてもらっていた。浦上は中山からの手紙を読み、全身冷豆《ひやまめ》を搾えた。鳥肌が立ったのである。

中山は黒田を殺した犯人を知らない。黒田が浦上へ打ち明け話をしたことも知らない。事件の詳細を自身の知ったまま正直に書いた。浦上は黒田の打ち明け話を思い出す。

（これは偉いことんなっちしもたぞよ！）

その一言しか思い浮かばなかった。どうやって冷静になったか、本人は覚えていないのだが、考えを巡らせている。

（まさかぁ、まさか！　じゃが……俺と黒田ん話しよったことん、小藤淵に聞かれちしもたかあ？　やけんど、どこで？　黒田と喋ったアッコは誰ぞん近寄ったら丸見えなとこぞぉ。じゃあ、どうやって？　なんで？　犯人は小藤淵やないんか？　じゃあ、誰なんぞ？　まあ、確かに犯人が小藤淵なんやったら……それやったら俺も今頃は……！　イケン！　冷豆ん出たっ！　うわっ！　恐《おと》ろしや、恐ろしやのお。寒なったや。待て、待てよお……中山、そうよ！　中山よ。阿《あ》奴《やと》（アイツ）は無事か？　俺に手紙を出したん小藤淵に知れとったら……なんぼ手紙にゃヤバイこと書いとらん言うたて、小藤淵の奴《やと》ん信じるやろか？　信じんじゃろぜの。じゃとしたら？　ヤバ！　中山も危ないんやないがか？　こりゃイケン！）

浦上は中山の自宅へ電話をかけた。彼は在宅していた。まず応対したのは彼の家族だった。浦上は気を入れて、行儀よく挨拶をしている。中山は、家族から受話器の向こうの相手は浦上だと聞かされるや否や、受話器に飛び付いた。浦上は中山が無事であるのでホッとする。

中山は黒田を日頃、実の兄のように慕っていたので、電話をくれた浦上へ、どこへも持って行きようのない怒りと悲しみとを泣きながらぶつけた。浦上は彼の気の済むまで話を聞いた。中山が落ち着いたところで、浦上は言い聞かす。

「エエか？　これから先、俺らはドガイな目に遭うことになるやも知れんけんの。お前はなることなら、これを機に暴走族を引退せよ。もしかしたら、黒田はお前に先々暴走族を続けていくことの危険性を、身を以て教えてくれたんかも知れんのぞ。どがいする？　他のヤツらにも引退を持ちかけてみ？　もし自分の口で言うがん怖いぃ言うがなら、俺ん直接小藤淵へかけ合うてやらや。俺は一応、小藤淵んとこの電話番号を本人から聞いとるけん、今からでも電話しちゃろか？　大丈夫よ。お前ん、俺んトコへ手紙書いてきたじゃの何《なん》じゃの言うち、いらんことは一切言わんけん、安心せよや。俺から、なんチャ知らん振りして、『久しぶりよ、どうぞな？（お元気ですか？）』言うち惚けてかけちゃらい。そしたらいくらナンぢも、小藤淵もウッカリ黒田のこと喋るかも知れん。のう、中山よ。俺を黒田じゃあ思て信じてくれや。あ、それぢ、あんねや、お前ん送っちくれた手紙よ。あれ、もう俺ん、さっき俺の部屋での、ライターで火ぃ付けち燃やしちょったけん。心配すなよ。ああいうモンは他人に見られたらイケンけんねや。大丈夫やけんの。そんならいったん切るぞ。また後で電話かけ直しちゃるけん、待っとけ……あぁ、そうよ。お前んとこ、電話ん遅なっちも怒られんか？」

中山は、大丈夫だ、待っている、と答えた。浦上は一度受話器を置く。

受話器を置いてすぐ、小藤淵の自宅へ電話する。小藤淵は、親から新築二階建て一軒家を宛がわれていた。彼はそこへ、少々年上の女から年下の女まで切れ目なく連れ込んでいる。それも女の方から寄ってくる。これも黒田の打ち明けた話の一つ。

「はい」

小藤淵の静かでハスキーな声が受話器の向こうに出た。

「あ、こんばんはぁ。夜分遅くすみません。あの、覚えてくれてますか？　私、愛媛のNの」

「ああ、覚えてるよ。つい先日のことじゃない？　元気だった？　この前は本当にありがとうな。皆凄く喜んでたよ、ありがとう。俺も楽しかったし、礼を言うよ」

浦上も挨拶を返す。そして、さりげなく、黒田の話題を出した。すると小藤淵、

「……ああ……あのなぁ……ん、言いにくいなあ」

「どしたん？　なんかあったんですか？」

「……ん、あのなあ……頼むから、たまげないでよな」

「あ？　……あ、」

「……あのなぁ……黒田だよ。黒田。黒田はね、先日な……死んだ」

「え？　……ええ？　な、なにぃ？」

浦上は初めて知った振りをした。

「いや……だからね。これ、いい？　絶対に、この話、ドッキリなんかじゃないからね。本気にとってよな。な？　黒田、な……殺されたんだよ」

「……な」

「嘘だと思うだろ？　悪過ぎる冗談だと思うだろ？　でも……でもホントの話だよ。俺達だって最初は信じなかったからね。俺達もさ、もう、もうびっくりし過ぎちゃってさ。もう、冗談抜きでＭ・ＰもＢ・Ｐも全員でマジ引っくり返っちゃってさ……寝込んだヤツも結構いるんだ。俺、俺もね、寝込んだ口だよ。情けないよなぁ。普段偉そうなこと言ってメンバーに説教垂れてるヤツがさ、寝込んだんだからさ」

「……ぃ、ぃ、ぃえ……そ、それはぁ、こ、この俺も……同じことになると、おも、い、ま、す」

「……だよねぇ。誰、誰だってさぁ、ついさっきまで一緒に馬鹿やっててさ、『バイバイッ』て別れたばかりのヤツが……」

「……」

「……すまない……だ、だめ、だ、ねえ……、ん、泣けてきた」

「……いや、それは、泣けて当然だと思う」

「そぉ？　ありがとう、わかってくれて」

「とう、ぜん、です、よ」

「ん……ちょ、ちょっと、待ってくれるか？　……なみ、だが、止まらん」

「……ん」

（お前ん殺したんやないのか？　この野郎！　臭い芝居しやがっちからにぃ！）

　浦上は、脳味噌の中では怒鳴り続けていた。それが口に出てきやしないかと自身の胃の皮を削っている。

「……すまん。遠いトコからわざわざかけてくれているのにね。かけ直そうか？」

「あ、いやぁ、大丈夫。それは大丈夫、なんだけど……な」

「悪いね……でもあんまり長くなるようだったらかけ直すから、遠慮なく言って」

　小藤淵は一呼吸置くと、事件を話し出した。彼が喋り終わったところで、今度は浦上が一呼吸置く。そして、

「あ、あぁ……あの、なぁ……これこそ言いにくいぃ言うか、ん、まあ、エライお節介もエエとこなんやろうけんどなぁ。これ、小藤淵さんもヤシ、メンバーの皆さんらもヤシ。あの、な、命の危険んいうもの、感じるんやけんど……。俺、あんまし臆病過ぎるんやろ

かなぁ。まぁ、コゲなコッちゃ、族のリーダーは務まりゃせんのやろうけんどなぁ……。なぁ、小藤淵さん、俺、臆病やろかぁ？」

「いや……実は……実は俺も、アンタと同じこと考えてたよ。黒田が死んだぁって聞かされてから、ずっとね」

「小藤淵さんも？」

「ああ……俺もアンタと同じこと悩んでた。しばらくは活動を全面休止させる方が安全なんじゃないかな、とね」

「正直、俺も、そう、思います……ん」

「……だよ、ね。俺、も、これ以上犠牲は出したくない。仲間を失いたくない」

「……」

「あぁ、心配してくれてるんだ。嬉しいよ。ありがとう」

「いぇ」

「……」

「他人事じゃない、し」

「知ってる？　最近は愛媛の松山のヤツら、マジ……」

「……ああ、アレですね。実は俺らもここんトコ再々挑発に遭《お》うてなぁ。怖《こお》うちイケンのよ」

「え？　そうだったの？」

「マジ、そうなんよぉ。あぁ、でも、その手にゃ乗らんけんどな。もう、グループ挙げて逃げの一手よ。これに限るで。ヤツらを取り合いよったら（相手をしていたら）ワヤんなるけんなあ」

「そうだよなあ。俺達も逃げ回ってるよ。もう、逃げるだけだったら俺達の庭だからね。逃げ道はどこでだってお手のもの」

「そう、それそれ」

「……だよなあ」

「……よなあ」

「まあ、俺もどっちみち近々引退する心算《つもり》でいたからさ」

「え？」

「ん、もう辞める気でいたんだ。後釜は次々入ってくるしね。だからその心算だったんだけど。もうこれを機に俺も引退するし、メンバーにもしばらく活動をやめさせるよ。この際、引退するヤツもたくさん出てくるかも知れないし、解散することになるかも知れないね。でも俺はそれでイイと思ってるよ。それでも続けたいヤツがいるんだったら、ホトボリが冷めた頃にまた、ソイツらが好きに再開すればイイ話だしね」

「小藤淵さんは正しいと思う」

「ありがとう。まあ、こういうことは早いに限るからね。今晩にでもメンバーのヤツらに早速話すよ。ありがとう、心配してくれて。感謝してるよ」

「ぁ、い、いえ……俺らもしばらくおとなしゅうしとく。小藤淵さん見習《みなろ》うてしばらく活動は休止しょうと思う」

「アンタんところはアンタが決めればイイんじゃないの？　でもね、確かにちょっと物騒になってきているよね」

「……そうですね」

「ん、じゃあ、そういうことにしよう」

「わかりました。じゃあ、そういうことで……まあ、くれぐれも気をつけて」

「ありがとう。アンタ達も無茶しちゃいけないよ。俺達も、間違っても黒田の仇を討とうなんて思ってないから。だいたい敵が誰かもわかっちゃいないんだしね。たとえわかったとしても警察に全部任せるよ。それが正解だろ?」

「……ですね」

「だよね……じゃあ、そういうことで」

「はい。それじゃあ、小藤淵さんも気をつけて。皆さんにもよろしく」

「ああ、伝えておくよ。アンタの評判、凄くイイんだよ。黒田や俺より評判いいんだよ」

「そんな、また! 冗談は」

「あはは! でもホントだよ。アンタが気にかけてくれたって言ったら、きっと皆喜ぶよ。忘れずに伝えとくよ。じゃあ、元気でね」

「ありがとうございます。小藤淵さんも皆さんもどうかお元気で」

「ありがとう。縁があったらまた会おう」

「はい。こちらこそ」

「ん、じゃあね」

「じゃあ……おやすみなさい」

「おやすみなさい」

小藤淵の受話器が置かれた。浦上も受話器を置き、一呼吸置いて中山へかける。中山、気が気でなかった様子だ。呼び出し音が一回鳴るか鳴らないかのうちに取った。

「お前ぇ、気持ちはわかるがねや。まチイと落ち着けや。の？」

「す、すいません！」

「まあエエわい。あぁ、それよりのぅ」

浦上は小藤淵との会話の内容を伝えた。そして、

「もう大丈夫やけんの。そのうち、小藤淵か誰ぞから連絡ん来るけんの。そんやけん俺、一回切るぜ。……また、いつぢもかけて来いや。俺で相談に乗れることんあったら乗っちゃらえ。……のう、泣きたい時は存分《ぞんぶ》泣いとけ。それん、黒田への供養んなるぅ思うけんの。なんちゃねや、男んこういう時ん泣くのはカッコ悪いこっちゃないけんの。コガイな時にこそ泣いとかんと、他に泣く時ゃあらせんけんなえ。俺はこういう時にこそ素直に

泣ける男ん本物の男じゃあ思うとるし、の。お前はエエヤツよ。黒田も幸せやったろうよ」

中山は鼻を詰まらせながら浦上へ礼の言葉を何遍も言った。

浦上は、その日の晩のうちに、中山との電話を終わらせてすぐ、Nメンバーの連絡網を使った。黒田の死は言わず、ここのところ何かと物騒になってきているから、当分の間、全活動を休止する、と。この日を境にNそのものの活動が急激に静かになっていく。

静かになったとは言え、たまにはメンバーの息抜き走行を許さなければならない。事故や警察には充分気をつけるよう、他集団と揉め事を起こさないよう、相手の挑発に乗らないよう、浦上はクドイほどに言い聞かせて送り出した。

それでも中には単独事故死した者や、事故が原因で障害者となった者、違反切符を切られた者がいる。しかし、他人に怪我を負わせた、死亡させたという大事故を起こした者はいない。

そして、Nは一九八四年には解散している。当時のリーダーが、暴走族のリーダーをするには見かけによらず静かで優し過ぎる性質だったかららしい。

彼、生態《しょうたい》（生まれながらに）おとなしい性格であった。リーダーとなった経緯も、自ら買って出たのではない。当時、リーダーにふさわしい者がNにはおらず、前リーダーが、頼まれると嫌とは言えない性格を持つ彼に白羽の矢を立てたのである。その後のNは、ただでさえグループの推進力も求心力も大いに緩んできているところへ持ってきて、輪をかけて活動（集団暴走行為）も激減した。

彼は、Nの解散を決断する。〝解散式〟の際に元メンバー並びに現メンバーへ言い渡した。以降どのような時にも、どのようなことが起ころうとも、〝元N〟メンバーであったと名乗りを上げることや、〝旧N〟〝新生N〟などとグループ名に〝N〟を冠することを禁ずる、と。彼や最後のメンバーは元リーダー・元メンバーらからなんら制裁を受ける心配はなかった。Nに所属していた者は皆、己が抜けてしまえばいかなる事態にも我関せずだったからである。

新たな五人

さて、Nが消滅して後、一九八五年晩春。新しい暴走族が出没した。と言っても、規模は一台。ブラックカラーで中古の日産セドリックに五人。

全員一九六七年生まれで男が四人、女が一人。グループ名は「シーザリオン」。彼らは一九九〇年の終わり頃まで宇和島市近隣を跳梁《ちょうりょう》した。

男の姓は「戸田《とだ》」「富田《とだ》」「伊達《だて》」「西園寺《さいおんじ》」。昔々、当地方で勝手気ままに悪政を強いた者らの子孫だ。平生より彼らは、親族や近所から厄介者扱いされている。しかし彼らは親族や近所から直に叱られたり説教されたりはしていない。理由は三つある。一つ目は彼らの親がいちいち矢面に立って子を庇ってきたから。二つ目は、ある程度の年齢に達すれば落ち着いて真面目になるであろうという考えから。三つ目は、〝出来の悪い子ほど可愛い〟という考えから。

男四人はめいめい、中学卒業後、あるいは高校を中途退学して広島県や岡山県、兵庫県や大阪府にある某企業の工場へ就職していた。しかし、長続きする性質《たち》ではなかった。じきに辞めて、帰って来ている。

女の姓は「道正《みちまさ》」。

戦国期当時、彼女の父方先祖の一人が本家当主の名前を苗字にしたものである。分家したと同時に、臣籍降下したのだ。本家にとり、身内である家臣が出来たことになる。

道正も中学校卒業後に県外へ出ていき、広島県にある企業の工場で昼間働き、夜は広島県内の某高校定時制へ通学していた。しかし、職場も高校も数ヶ月経たぬうちに辞めている。職場が人員削減したのではない。倒産したのでもない。職場内苛めに遭ったのでも、通学先で嫌な目に遭わされたのでもない。雇った側や通学先に問題はなかった様子だ。

五人は皆が皆、帰郷した後の再就職口を見つけていない。職業安定所へ通うことは通ったが、失業保険給付目当てだ。給付が終了すると、それ切《ぎ》り。

道正は、両親から毎月一万五千円ずつもらっていた。ボーナス月には三万円ずつである。男四人も彼らへ、両親、あるいは片親や兄姉が子供・弟可愛さに毎月二〜三万円ずつを与えていた。

毎週末、夜、特に深夜の宇和島市内の主要道路は、ナンパしたい者、されたい者同士の車やバイクでごったがえしていた。五人は全員ここで知り合っている。道正は車の免許を持っていないので、予土線の〝汽車〟に乗り、宇和島駅で降り、改札口を出てすぐのところでナンパを待つ。そこへ四人の乗った中古のセドリックが通りかかる。道正は夜の七時から声のかかるを待ち続けていた。

男四人が彼女の前に車を停めたのは夜十時。本日は一夜限りカップルの成立する時間が早かった。実はセドリックは八時から駅前をライバル車と競い合い、遊び恋候補車のテールランプを追いかけ回し、道路交通法に触れる駆け引きと鞘当てをしながら周回していた。車で来るのは女も同じ。車に乗った女達も駅前などのアヴァンチュールスポットで待ち続ける。

しかし今日は誰も引っかからない。駅前に残るのも道正一人となる。彼女に声をかける男はいない。これは毎回のことである。セドリックの車中で、四人は道正を遠目に見ながら相談をした。

「おい、アイツ、俺ら四人を相手にすると思うか?」

「するやろ。アソコまで待ちよるんじゃけん」

「そういや、阿奴《あやと》。いっつも最後まで一人だけ残っとらえ」

「嘘！　マジい?」

「おお、いっつもよ。俺、お前らとここでナンパするんは初めてやけんど、他の奴らとはいっつもここで拾いよったけん、知っとる」

「詳しいねや」

「他の奴らは今日は皆松山行《い》ちょるんてや」

「お前は?」

「イケン！　俺、前に働きよった職場で害《がい》な喧嘩したことんあったがてや。それん相手ん、松山か伊予らへんから来とった奴での。アレの親父んチンピラじゃあ言うて聞いとったけん」

「……まあ、バッタリ出くわしたらヤバイわえねや」

「ヤバイ！　まじヤバイ」

「おい、アレ、ドガイする？　声だき、かけちみる？　ヤッてくれるかどうか、今ここで聞いてみたらエエやん」

「嫌じゃあ言うたら、シカトして行《い》たらエエやんかあ。他にもマッとマシなんはおるてや。イケなんだら、サンキュウ（宇和島港にある会社名）んトコへ行ちみろや。ひょっとや、アッチへも誰ぞん停まっとるかも知れんし」

「ああ、アッチの方ん確率高そうな」

「運が悪けりゃカップルとティッシュばっかし」

「ドガイぞはナルやろ」

「おい、ホテル代持っとるか？」

「持っとる！　持っとる！」

「持っとるぜ」

「持っとるに決まっとるやんかあ」

「じゃ、今日は阿奴《あやと》で我慢しますか」

「……とりあえずはね」

「やけんど、乳はデカそうなぞ！」

「お前、胸さやデカかったら誰でもエエんか！」

「エエじゃんか！　結婚するんじゃあるまいし」

道正はＯＫし、助手席へ乗り込んだ。それから約十分後、彼らと彼女はお互いの同意で、宇和島市と伊予吉田町との境目に立つラブホテルへ入っている。道正は処女を一番手の伊達へ渡した。

道正と男子四人はセドリックにすし詰めで乗り回した。セドリックは伊達の車だ。丸目ライトの古い型式。これは伊達が、兵庫県内にある某企業の工場で働いていた頃、給料を貯めて購入したものだ。

彼が当車を買い求めた時世には、フルモデルチェンジされたタイプが一斉登場している。ユーザー達は早い者勝ちでニューモデルへ殺到したため、旧式モデルの中古が過剰となった。故、彼の貯金額でも買えたのである。運転は伊達がし、助手席へは残る男女四人が順繰りに座っている。

初めのうち、彼らは宇和島市に隣接する愛媛県 坎郡任那町《かんのぐんみんなちょう》へ乗り入れ、平日の午後、下校する中学生を脅し上げげ、金を強奪している。

毎日はしない。日を置いてしないと、じきに、警察へ引っ張られるようになってしまうからだ。

セドリックの五人は、親や兄姉から、強請《ねだ》らなくても毎月お小遣いを与えられている。与えられた金額で、何に困ること無《な》く遊び倒していられた。しかし、平穏な満足に浸かっていると刺激が欲しくなる。正常な刺激ではなく、法に触れる刺激だ。

彼らの言い分は、「もろうたお金で遊びよったち、つまらんもん。ヤッパ自分らで稼いだ金で遊ぶノん、遊んだあ！　使《つこ》うたあ！　言う気んなれるやんかぁ（実感が湧く）」である。

狙いを付けた学生が町中を離れて人目が外れる場所へ差しかかった地点で、五人は車を降り、一斉に囲む。中高生のみで済まさなかった。小学校の児童生徒も狙っている。

児童生徒が低学年であれば五、六人いても世話のないことだった。一人が、一人あるいは二人を脅す。五人は獲物が無条件で怖がるようにと、サバイバルナイフ、それも大型で厳つい造りの物を一人一本ずつ持ち歩いている。現場から逃げる際は児童生徒の眼前へナイフを突き付け、脅し文句を浴びせた。

「誰ぞにこのことをチイとでもチクッたらぶっ殺すぞ！　ように覚えちょけよ！」

しかし、目撃者はいた。目撃者が一一〇番している。任那町を鬼北《きほく》警察署のパトカーや駐在さんのオートバイ、小学校ＰＴＡ、地域の者が目を光らせ出す。五人は縄張りを変えた。

任那町に隣接する広居町《ひろいちょう》へ行ったが、コチラも警察や地元の大人が睨みを利かせ出す。広居町はやめた。広居町と任那町に隣接する三間町《みまちょう》でも見つかり、三間町もやめた。次は、鬼北警察署の立つ広見町《ひろみちょう》へ。見つかったため、広見町もやめる。広見町に隣接する吹郡初穂町《はつほちょう》へ移動、初穂町もやめる。次、初穂町と広見町に隣接する松野町《まつのちょう》。松野町もあきらめる。広居町と広見町に隣接する日吉村《ひよしむら》。日吉村もあきらめた。プレートのナンバーは見られていなかったが、車種や車体の色、犯行人数や大雑把ではあるが人相も把握されていた。

日吉村をやめた直後、五人は、

「もうこがいなっちもうたら、腹決めろうやねや！」

腹を決めるとは、切腹するという意味ではない。愛媛を飛び出すということだ。やみくもに逃げたのではない。行く先を定めている。セドリックのカーステレオからは「一世風靡セピア」の『我が愛しき犯罪者たち』と「ホワイトスネイク」の『ＢＡＤ・ＢＯＹＳ』が代わり番こに流れている。カセットテープを選んだのは伊達。

「今の俺らにゃピッタシやろ？　のお？」

同乗者四人は大ノリである。

「もうこれバッカシかけていこうやあ！」

「これにゃ、この二つ（二曲）しか入れとらん」

「え？　じゃあ何？　これ、Ｂ面もこれバッカシなん？」

「そうよ」

「お前、よう気長にダビングしたもんやのう！」

「お前、元のカセットテープん、ラーメンみたいに伸びちまやしやせなんだか？」

「わははは！　ラーメン！」

「ラーメン……」

「大丈夫てや。レコードやけん」

「あ、そんなら大丈夫よのお！」

「わははは！」


今、休憩している場所は上分《かみぶん》パーキングエリア。

当時は松山自動車道が、一部しか開通していない。彼らは、松山市手前の伊予郡松前《いよぐんまさき》町《ちょう》までは国道五十六号線を走り、重信川《しげのぶがわ》にぶつかった地点で脇道へ右折。なるべく直進出来る道路を選んで通り抜け、北久米町と思われる地点で国道十一号線へ出た。桜三里《さくらさんり》峠を越え、伊予小松町《こまつちょう》へ出る。小松町に隣接する伊予西条市《さいじょうし》へ入った。小松町、西条市を通る十一号線沿いには弘法大師空海の開いた『四国八十八ヶ所第六十一番札所・香園寺』と『第六十三番札所・吉祥寺』が立つが、彼らは気付いていない。

西条市を抜け、新居浜市《にいはまし》へ入る。新居浜市を抜け、宇摩郡土居町《うまぐんどいちょう》（二〇一二年現在は四国中央市土居町）へ入る。伊予三島市《いよみしまし》との境に近い野田で、セドリックは右折した。土居インターチェンジを目指している。

土居インターチェンジへ入り、松山自動車道に乗る。三島・川之江《かわのえ》インターチェンジを通り抜け、上分パーキングエリアで落ち着いた。

彼らは、各々の所持金に限りが見えていた。何も食べず、ジュースも飲まず、パーキングエリアの洗面所の水を飲んで我慢している。

上分パーキングエリアで休む者は彼らだけではない。彼らの乗ってきたセドリック助手席側の隣には営業車のステーションワゴンが停まっている。

道正はセドリックの助手席窓越しより、営業車の運転席を倒して転寝《ごろね》する営業マンに見とれ続けていた。

（ああ、どうせ遊ばれるなら、この人に弄ばれたかった。この人に犯されるんやったら本望よ。この人にやったら、たとえ処女を取られてすぐ捨《し》てられたて後悔せん。絶対にせん！　ああ！　マジ、この人にこそ処女を捧げたかった。それにしたて、なんとカッコイイんじゃろ。岡山にはコガイ綺麗《きれえ》な（素敵な）人ん、大勢《おおぜえ》おんさるんやろうかぁ。ああ！　岡山で生まれたかった。なるなら今度、まあ一遍生まれ変われるんやったら絶対、絶対岡山に生まれたい！　そして、そして！　この人の隣の家に生まれたい。ほで（それで）、ほでもって、この人と恋愛結婚したい。したい！　結婚さして欲しい。この人に愛されたい。愛されたい！）

彼が岡山へ帰ることを、なぜ道正は知っているのだろう？　彼女は化粧直しでトイレへ行ったとき、ナンバープレートを見たのだ。車体に描かれているロゴも見逃さない。道正は持って来た手帳に〝ひと目惚れの彼〟についてわかったことを書く。社名は「レッド＆ネイビー・レオズ」。何を作り、売っている会社であるか知っていた。ケミカル系の製品を扱う会社で、彼女がかつて就職していた会社とも取引がある。

彼のことを気にかけているのは道正だけではない。セドリック後部座席に座る戸田もだ。彼はゲイではない。道正は、戸田が〝彼〟の動向に神経を尖らせていることに気付かない。

「！」

「！」

〝隣の彼〟が身を起こした。リクライニングを戻す。外へ出た。推定年齢三十歳。推定身長百八十センチ。スリムで八頭身。ヘアスタイルは、撫で付け具合の上品なオールバック。ほどよい面長に、クドい印象を与えない程度に流麗な二重瞼と、人を威圧しない程度の切れ長な両眼。眉は形《かた》よくほどよく濃い。鼻、これもほどよく高く、スッと通った鼻筋をよくよく見ると、わずかに畝のある無難な形。嫌味のない程度の薄さと形とを持つ唇。白過ぎない程度の色白な肌。

道正の目には、愁いを含んだようにも斜に構えているようにも映る彼の眼差し。ユックリと大振りに身を伸ばす彼の仕草と、グレイカラーのスーツで隠された筋骨の動き。大人の男の色艶と渋みとを、道正の〝女の野性〟が全身で捉える。瞬間、彼女は強烈な眩暈に襲われ、全身に大きなザワツキを感じた。

グラリ！

道正の体が大きく揺らぎ、彼女は慌ててダッシュボードの上に手をやって体を支える。

セドリックの運転席では、伊達が背もたれに上半身をグタリと預け、口を開けて鼾をかいている。

「ちょっち！　そのまま待っとってくれ！　お前らドコっちゃ行くなよ！　ココおれよ！」

戸田が声をかけながら後部ドアを開ける。

バタン！

車中の男共は反応しない。寝ているのである。

「ちょ、ちょっと！　どこ行くん？」

道正の声は無視された。聞こえなかったか。

「あ、あの……すいません。ちょっとお尋ねします」

彼が話しかけた相手は、道正の〝隣の彼〟。

「え！」

道正の驚き声に反応した者は車中にも車外にもいない。

「ちょ、ちょっとぉ……何《なん》なんよ！　ねえ？」

彼女が次に吐き出した声にも反応した者はいない。

「？」

〝彼〟は戸田を不思議なモノを見る目付きで見おろす。戸田の身長は百六十五センチ。

「あ、あの」

「……ん？」

道正の耳は戸田の声しか拾えていない。〝彼〟の声が静かで低かったためか？

「あ、あの、すみません。ちょっとお尋ねしても」

「何《なん》？」

「あ、あの、エエっとぉ……エエっとですねぇ。あ、私、戸田、戸田と申します。愛媛県の宇和島から来ました。それで、あの、もしかして、岡山の『レッド＆ネイビー・レオズ』で働いておられる、あの、工場の方で働いておられる小藤淵君の親戚の方ではいらっしゃいませんか？　あの、違《ちご》うとったら真《まこと》に申しわけございません」

〝小藤淵〟の目がちょっと優し気な表情を見せた。

「あ？　あ、ああ……ああ、アイツのことか？　もしかして顔が俺に似てるって？」

「あ？　あ！　ああ！　は、はい！　そ、そうですう！　そうですう……あの、わ、私、この前までレッド&ネイビー・レオズでその、小藤淵君と一緒んラインで働きよったんですよお」

戸田は、彼がレッド&ネイビー・レオズの花形職に所属していることを知らない。戸田は小藤淵自身にばかり気を取られていたので、車体に書かれたロゴへ目がまったく行ってなかったのである。

「あ、ああ、そう。そうだったんだ。そう……アレは元気にやってるよ。ありがとうな。あ、ちなみに俺も『小藤淵』だから」

「え？　あ！　い、いえ！　こ、こちらこそ、突然話しかけたりしてすいませんでした。あ、あの、あ、こ、小藤淵君の御身内さんも、小藤淵さんでいらっしゃいましたか？　あ、それはそれは。あ、そ、そうよ、そうなんですよ。小藤淵君には平生から、本当にいろいろとお世話んなっていたんですよお。マジ、いや、あの、ヨイヨ小藤淵君には親切にしてもらいよりましたんで、ホント嬉しかったです。いろいろと、ホントに小藤淵君にはお世話になり通しでした。ありがとうございました！」

「……ふうん……アレが人にお礼言われるほど、面倒見よかったんだぁ。ちっとも知らなかったよ。だってさ、俺とアイツは歳が結構離れているからね。いくら親戚だから近所に住んでるからって言ったってさ、普段は全然会わないんだよ」

「え！　え？　あ、そ、そうやったんですか？」

「そういうもんだよ。でも、よく声をかけてくれたよ。ありがとうな。アレに代わってお礼を言うよ。帰ったら伝えておくよ。えっと、戸田君でよかったんだっけ？」

「あ、はい。そ、そうです。と、戸田です。宇和島から来た、あ！　愛媛の戸田って言うてもらえれば、た、たぶん」

「たぶん覚えているって？　ははは、大丈夫だよ。俺がちゃんと友達の名前は思い出させるからさ。だから安心していてくれよ」

「あ！　はいい！　あ、ありがとうございます」

「ははは、わかったから、もうそんなに緊張しないでくれよ。俺、偉くないいんだからさ。お前さん達と同じなんだからさ」

「あ？　あ、はい！　あ、あのう、実はその……あ、今お忙しいですよね？　小藤淵君のお兄……さん？　で」

「あ、俺？　あぁ、俺のことは小藤淵でいいよ」

「あ！　あ、はい」

「なあ、戸田君よ。緊張し過ぎだよぉ。もう少し打ち解けてくれないと俺も固まっちまうよ。はは！」

「す、すいません！　い、いや、じ、実はその、じ、自分は……その、実、実はですねえ、小藤淵君に、あの聞いてもろたら……あ、小藤淵君の方は、もう忘れてしもうとるかも知れんのやけんど、ですね。あのお、その、実は俺……俺、中学、やのうてと……。うわ、宇和島、そうよ、あの、宇和島をご存知で？」

「知ってるよ。心配しないでよ。宇和島だって立派に都会じゃない？　取引先もあるよ。ちょうど宇和島の取引先から今帰って来たところだよ」

「あ！　え？　あ、そう、そうだったんですか？　あ、それはありがとうございますう！いやあ、嬉しいですう。宇和島を都会じゃあ言うてもろて」

（あれっ？　岡山県の方言言うて、ドガイやっつろ？　ああ、そう言や、小藤淵らもチイとも訛っとらなんだえ。そうかあ、岡山県は標準語やったか。それで合点が行たわえ）【注1】

戸田はそう思い込んでいる。

「で？　宇和島がどうしたって？」

「え？　あ、あ、はいい！　あ、あのですね。あの、その、俺、その、ハッキシ言ぅて、俺、その、中学ん時、中学入って、じきに暴走族入っとったんですよお」

「……え？　そうなの？」

「え……あ、あああ、はあ」

「ははは、大丈夫だよ。アレだってさ、中学入った当日に族入りしてるからね。一緒じゃん？　お前さんと」

「え？」

「そうだよ。アレはさすがに馬鹿受けだったよ……ふ、まあねえ……俺も人のことは言えないんだけどね」

「え！」

「あのさ、俺もさ、昔はお前さん達と同類だった時もあったんだよ」

「！」

「恥ずかしい話だよ。人には絶対言えないよ。周りにはさんざん迷惑かけたんだからね。だからさ、俺が言う資格はないんだけどね。他人には自分の過去を話しちゃいけないよ」

「そ、そう、です、よ、ねえ……ん、確かにおっしゃる通り」

「……だろ？　だからもう言わないことだ。俺も聞かなかったことにするよ」

「……あ、はい！　あ、あの、その……それで、その……あ、お、俺、凄く、エライ、めちゃ図々しいこと言いよるなとはわかってる心算《つもり》なんですよお！　で、でも、俺、俺、どうしたて、どがいしたて小藤淵さんに！　ぜひ相談に乗ってもらいたいことんあるんですう。この際！」

「……おお？　おいおい……さっきよりずいぶん気張ってるね。どうしたって言うのさ？まあ、俺に答えられる範囲でならイイよ。でも無理なことは無理だとキッパリ断るからね。イイな？　それで」

「は、はい！　あ、ありがとうございますう！」

「あのさあ、頼むからさ。お前さんはもう少し声を小さくして喋るべきだと思うよ。だって、ほら、見てみな？　皆、長旅で疲れているんだからね」

「！」

戸田、小藤淵の視線を追った。駐車場に停めてある車中では、仮眠をとっている者が何名かいる。

「！」

戸田は己の口を己の手で塞いだ。

「だろ？　だから、もう少し声のトーンを落としな。そしたらお前さんの緊張も取れるからさ」

「あ、そうですね。確かに、確かにそうだ。あ、ホントだ、喋れる」

「な？」

「はい」

「……で？　なんだよ、相談て」

「あ、はい。実、実はですね。俺、その、〝レッド〟へおった時分に面白い話を聞いたんですよお」

一瞬、小藤淵の顔に苦笑が浮かんだが、戸田は気付いていない。

「……」

「あ、この話、マジ嘘みたいな話やけん、正直そん時は本気にせなんだんですけんどな。でも、ちょっと、今頃んなって、その、まあ、ね。それが本当の話やったらラッキーやなあ思いまして」

「……」

「ご存知やないですかあ？　何か、あの有名な戦国武将の宇喜多秀家」

「知ってるよ」

「え？」

「だって宇喜多は岡山城にいたんだよ。岡山県民なら当然知ってることさ。お前さんのタメのアレだって、いくら勉強が嫌いだったからったって、そのくらいは知ってるよ、たぶんね」

「ぶっ！　たぶん！」

「ああ、たぶんだよ。だってアレの勉強嫌いは筋金入りだったからな。俺でも赤点はなかったよ。自慢になる話じゃないけどね」

「わは！　い、いや、いやあ、だい、大丈夫。絶対に大丈夫です！　赤点取らん人ん、マジ尊敬出来ます。俺は万年赤点やったけん」

「ま、死ななきゃならんほどの死活問題じゃあないかもな」

「ぶわはははは！」

「……」

「あ、そよ。それぢ……それで、ですねえ。それ、その面白い話、マジ受ける話なんですよお。その、小藤淵さんもご存知の宇喜多、宇喜多秀家の子孫のお墓あ、いうがん、あるんですとなし？」

「……」

「あれ？　ごぞ……」

「ご存知はあるよ」

「ぷ！」

「もしかしてお前さん、それ都市伝説ってヤツだろ？」

「え？」

「お前さんも好きだねえ。まったく誰が言い出したんだか……」

「……」

「あのさあ、それってさ。徳川や武田の埋蔵金と同じだよ。まあ、大久保長安《おおくぼながやす》の黒川千軒《くろかわせんげん》や伊豆（静岡県西伊豆）の土肥《とい》金山なんかも、隠し金山の囮《おとり》だって言われてるけどね」

「……え」

「だから、それ、大嘘だよ。まったくの作り話だよ。宇喜多が聞いて呆れるよ、まったく。一体どこの閑な馬鹿が言い触らしたもんだか」

「……じゃ」

「んん、まあ、なあ。信じたけりゃ勝手に信じてくださいって言うしかないね。俺は信じる信じないっていう問題以前に、興味ないよ」

「……あ……じゃあ、まあ、もしか、し、て……ある？　ひょっとや（ひょっとして）あるかも知れんんいうことですらえなし？」

「ふふ……どうか、なあ。俺に聞かれても、なあ……しかし誰だい？　そんな間の抜けた儲け話してきたヤツは。もしかしなくてもウチの馬鹿か？」

「え？　あ、いや、違います。小藤淵君とはパチンコとか宝くじの話とかはしよったけんど、あ、あとバイクとか車の話も……やけんど、そういう話は……はい」

「あ、よかった」

「え？」

「あの馬鹿が、寝ぼけたことにこれ以上手ぇ出したりしたら、ヤロウのお袋さんは今度こそ入院間違いなしだからね」

「え？　小藤淵君のお母さん、どっかお悪いんですかあ？」

「……ん、もともと体が丈夫じゃないからね。アレが問題起こすたびにお袋さん、倒れちゃってさ。しょっちゅう俺も救急車に付き添ったよ」

「！」

「救急車呼ぶほどじゃない時は、俺の車で病院へ連れて行った時もあるしな」

「あの、今、も?」

「まあ、今はさすがにおとなしくしてるよ。先日親父さんが他界しちゃったからな」

「……」

「だからお前さんも、御痛《おいた》はほどほどにするんだね」

「あの、小藤淵君のお父さん、どっか悪うて?」

「……癌」

「え」

「癌……直腸癌だよ」

「あ……あの、小藤淵君、に、元気出してくださいぃ言うて伝えてもろうてもエエですか?」

「あ? ああ、ありがとう、心配してくれて。アレも喜ぶよ」

「……」

「悪かったよ、ここまで来て余計な心配かけさせてしまったね。お前さんも体には気を付けな」

「はい。ありがとうございます。あ、小藤淵君にも、くれぐれも体には気を付けてと」

「ありがとう、伝えておく」

「あ、ありがとうございます」

「……」

「あ、あの、小藤淵さんも、気を付けてください」

「あ？　ああ……ありがとう」

「あ、いぇ……ども」

「……」

「……あのう」

「ん？」

「……あ、あの、さっきの都市、伝説、なんですけど」

「ふふ、なんだ、まだ他にもあるのかよ？　今度は誰のだ？　安倍清明《あべのせいめい》【注2】か？　山部清兵衛《やんべせいべえ》【注3】か？

テンチカネノカミサマ【注4】か？　ん？　まさか横溝正史《よこみぞせいし》なんて言い出すんじゃないだろうな？

え？」

【注1】

岡山県民男性の標準語は完璧中の完璧である。東京都出身&在住の男性も完敗の、綺麗で丁寧な標準語を話す。

ちなみに、愛媛県民の男性は思い切り訛りが入る。愛媛県宇和島市が最も標準語に近いと言われているが、それは方言が入っている上での言葉。標準語を喋らせると、個人差はあるが、岡山県民男性には追い付かない。

岡山県民女性の標準語は岡山方言のイントネーションが、個人差はあるが少し入る。その分、味が出るので岡山へ来た（帰った）という実感が湧く。今回の旅で、著者は純粋な岡山方言を耳にしていない。どうも岡山県民の皆さん、よそから来た客には一律揃って標準語を話されるご様子。愛媛県出身東京都在住の私は愛媛の方言丸出し。でも、ちゃんと通じた。昔々に岡山方言が愛媛へ多数持ち込まれているからである。加えて、観光産業の方々は、様々な方言に対して耳慣れしておられるから通じたのであろう。

【注2】

阿部《あべ》神社。岡山県浅口市鴨方町小坂東。陰陽師で有名な安倍清明が天文台を建て、天体観測をした場所。阿部山山頂に立つ。なぜか山の名前も神社名も〝安倍〟じゃなくて〝阿部〟。

【注3】

江戸初期、宇和島藩主伊達秀宗に仕えた家老の一人。悪政を布いた伊達宇和島・吉田藩家中では珍しく、領民の生活保障第一を旨とする善政を提言、推進実行した人物。しかし、彼の実績や、彼への領民からの厚い信頼や不動の人気を妬む同家中の家臣が秀宗へ讒言《ざんげん》。讒言を真に受けた秀宗により暗殺される。愛媛県宇和島市に建立されている和霊神社は山部清兵衛の霊を慰めるために建てられた。時代を超えて、現在も山部清兵衛を慕い尊敬する人々の参詣は絶えない。

岡山県内にも山部清兵衛を祀る祠があちこちに勧請される。ただし、岡山県内へ勧請された祠については、いつ、誰の手によるものか不明。

岡山県内にて勧請地の一つは、岡山県浅口市鴨方町鴨方三〇一二番地。鴨神社参道入り口すぐ。

【注4】

金光教御神体・御金神様、とも。岡山県浅口市金光町大谷。

お宝談義

「……ああ？　あ、あべ？」

（「あべかわもち」でも考え付いた人なんやろか？）

戸田は、金田一耕助シリーズを書いた小説家の名前を知らなかった。金田一耕助という登場人物はテレビ番組を見て知っている。宇喜多秀家については、彼が何者であるか知らない以前に、存在していたという史実自体を知らなかった。小藤淵へは〝宇喜多秀家という戦国武将〟と説明出来たが、それはかつて教えてくれた者からの受け売りである。さらに彼、伊達秀宗は知っているが山部清兵衛は知らなかった。彼は、宇和島和霊神社に祀られる御神体を、昔からの神様（天照大神など）と伊達政宗・秀宗をはじめとする伊達藩主代々である、と思い込んでいる。なんとなくそうなのではないか、という勘違いで決め付けてきたのだ。

そのような状態だ。安倍清明とアベカワ餅とをマゼコゼにしたのも無理はない。

山部清兵衛に関しては、戸田の極度の勉強嫌いが原因。

横溝正史に関しては、テレビドラマや映画は、内容さえ面白ければ、自分の好きなタレントが出ていればすべてよしだった。原作者には興味を持たない。彼は写真集やマンガ本やアイドル専門雑誌、バイクや車の専門雑誌は大好きだが、活字だけの本は大嫌いなのだ。

「……」

「え？　あ、いや、ち、違います。その、他にもあるんじゃのうて、その、宇喜多の埋蔵金のことを教えてくれたヤツです」

「え？　あ、そう」

「え、そうです、そうです。……それ、教えてくれたヤツは『羽束《はづか》』ぁいう名前なんですよぉ。羽束が教えてくれました」

「ふうん」

「小藤淵さんは羽束ぁいうヤツ知っておられませんか？」

「？　はづか？」

「はいぃ」

「どんな字を書く?」

「?」

「漢字だよ」

「? あ、かんじ、漢字ですかぁ? ええっと、漢字はですねや。あ! あの、〝は〟は羽、パタパタ飛ぶ羽です。それで、〝づか〟は、何か、あ、思い出した! 軍手の束、軍手を束ねとる紐の」

「あはは! わかった、わかった。わかったよ。字はわかった。ああ、それで『羽束』って呼ぶのかぁ……ふうん、俺は知らないな。珍しい苗字だな」

「ええ、珍しいでしょう? ああ、小藤淵さんもご存知なかったんですか? いや、実はその羽束ぁいうヤツは小藤淵君や俺と同《おんな》しとこで働きよったんですよぉ。羽束は東広島から来たヤツなんやけんど、コイツの親戚がレッドにおるんですけんどな。まだ辞めてなかったら今もおるんやなかろうか。それが、『小野』ぉいうのと、『森本』ぉいう奴です。森本は確か事務みたいな、あ、経理やったかも知れん。すいません、ちょっと忘れました。で、小野は営業です」

小藤淵は笑いそうになるのを必死で堪えている。小野は四国担当の一人で、小藤淵の後輩でもあるからだ。森本は昨年、小藤淵の身内の一人と恋愛結婚していた。

「ふうん、そうなの？」

「はい、そうなんですと。で、えとぉ、なんか、小野んトコが本家で、そっから分かれたがが羽束でぇ、その羽束から分かれたんが森本じゃそうです。何か、めちゃ面倒臭い話やろう？」

「わはははは！」

「やろんな（でしょう）？　もう、俺もこの面倒臭い話の苗字で覚えとったんですよぉ。マジで」

「ははは……」

「なあ、マジ、受けるやろぉ？　ほでな、その、な、羽束あいうんが言うにはなあ。宇喜多の埋蔵金んあるトコにゃ、なんと、宇喜多秀家の親父さんで、宇喜多……？　ん？　あり？　ありゃド忘れしちもうたや」

「宇喜多直家」

「え、え？」

「うきた、なおいえ」

「え、あ……」

「しょうがないなあ、もう！　お前なあ、他人の家の物奪おうってんなら、ちゃんと調べて来いよ。お前、勉強不足もイイところだな。とんだ無鉄砲なバカ様《さま》だ」

「え？　あ、はあ……はは、すいませえん」

「馬鹿」

「面目ないっす」

「……」

「あ、あの……」

「宇喜多直家だろ？　宇喜多一族の埋蔵金が隠してある場所には宇喜多直家の骨だかミイラだかも一緒に納まってるっていう話だろ？　で、そこをうっかり暴いたら、直家は怖い病気で死んでいるから、その病気が暴いた者にもうつって死ぬぞ！　ってヤツだろ？」

「あ！　あ！　ようご存知で」

「当然だろ」

「うわ！　さすがあ！　さすがは小藤淵さん！　いよ！　だ……」

大統領！　と持ち上げようとしたが、

「静かにしろよ」

小藤淵に制された。

「す、すいませえん……」

戸田、慌てて声のトーンを落とす。

「……」

「ごめんなさい」

「お前、その隠し場所知ったうえで喋ってんのかよ？」

「あ、あ！　はいぃ、それだけは」

「ふうん、知ってるんだぁ」

「はい、もちろん」

「……まったくおめでたいヤツらだよ」

「は、はは……あ、あの、それでぇ、ちょっとつかぬことをお聞きしますが」

「なんだよ」

「あ、はい。あ、あの、隠し場所って、小藤淵さんもご存知なんでいらっしゃるんですか？」

「……俺か？」

「はい」

「知るわけないだろう、馬鹿馬鹿しい。お前らみたいに夢みたいなこと追っかけて生きられるようには生まれ付いちゃいないよ」

「……」

「まあ、好きにするんだね。せいぜい所有者に見つからないよう気を付けな」

「！　あ、はい！」

「よお！」

「え？」

小藤淵が戸田へ声をかけたのではない。他の誰かに声をかけたのでもない。小藤淵が誰かに声をかけられたのだ。

「お！　久しぶりじゃん、元気だった？」

「おお、元気、元気だよお！〝コドさん〟も元気そうじゃん、よかったよかった」

小藤淵は〝誰か〟の方へ全身を向けた。〝誰か〟と小藤淵は話の花を咲かせ始める。戸田はしばらく〝二人〟の話題へ耳をそばだてていた。何かさらなる耳寄り情報を集めたいというのではない。己の存在が突然ないような状態となってしまったことを認めたくないのだ。

「あ、そういや聞いたよ。お子さんが生まれたんだってね、おめでとう！」

「あ！　知ってたあ？　いやだなあ、もう情報が四方八方手裏剣なんちゃって。いやはや、ははは！　照れますなあ」

「なあにが、照れますなあ、だよ。なんか、双子の女の子なんだって？　すごいじゃん！　女の子だから可愛くってしょうがないんじゃない？　もう今から悪い虫が付かないよう、目ぇ光らせてんじゃないの？　ははは！」

「いやあ、ははははは！　まいったなあ、もう。すっかりバレちゃってるよ。いやあ、実はね、もう、寝ずに番をしているんですよ、って、違うて！」

「わははは！　ほらごらんなさいよぉ、もう、完全に親バカでしょう？　でもよかったじゃん。高田さんならよきパパになれるよ。奥さんも御大役でしたねえ。大変だったでしょう？」

「お陰様でありがとうございます。いやあ、ホントにね。ホント、一時は無事に生まれてくれるものか心配でねえ。でも女の人は強いね。俺達はさ、ほら、もう一方的に渡すだけじゃん？」

「？　……ああ、そうか、ん、そうだよなあ」

「そうでしょ？　女の人は受け取ってさ、それをちゃんと育てて。いやあ、俺には無理だね」

「みんな一緒だよ。実は俺の周りもさ、身内も会社も最近結婚ラッシュでね。そのうち半分は『出来ちゃった』だよお。たいしたもんだよ」

「わはははは！　皆さんおやりだねえ。あ、あれ？　コドさんは？」

「？」

「いやだなあ、コドさんたらあ。人のことばっかり心配して、自分のこと忘れてんじゃないのさ」

「……」

「なあに、含み笑いしちゃってさあ、まったく。このスケベ笑いは健在だね、相変わらず」

「な、なんだよ、そのスケベ笑いってさぁ」

「わははははは！　わるいわるい。まあ、さ。独身貴族への僻みと思っちゃってよ。俺みたいんなっちゃうとさ、今度はコドさんが羨ましくなっちゃうんだよ」

「なんだよ、もう」

「へへへ」

「なあにが、へへへだよ。自分がスケベ笑いしてんじゃん」

「わはははは」

「まったく」

「わははは。まあ、そこはお互い〝帯に短し襷に長し〟ってことで」

「勝手に巧くまとめてくれたもんだよ」

「わははは」

「……」

「あーあ」

「……で？　これからどこ向いていくの？」

「あ？　これから？」

「そう」

「えっとねぇ。手始めは香川ぁ。そこからはひたすら、ひたすらぁ」

「ははは。ひたすら、ね」

「うん、そう。そこから時計回りに長旅が始まるんだよ」

高田、ドラゴンクエストのメインテーマを口笛で奏で出す。小藤淵もこの曲は知っていた。彼の兄弟姉妹の子供達がドラクエゲームをやり倒しているからだ。彼ら彼女らの周りにはマンガ本のタワーが林立している。無理に貸してもくれる。捕まったら最後。ゲームへ強制的に参加させられる。これはもう、知った、というよりも耳や目が強引に覚えさせられた、というのが正解だろう。

「あーあ、子供みたいなことをして」

「あははは！　イイじゃん。どうせ、ウチの子もいずれこれに嵌まるに決まってるからね」

「そういや、最近の玩具は男の子も女の子も区別がないね」

「ないよねえ。でも、それで正解なんじゃない？　女の子だって車やバイクやメカが好きな子はたくさんいるよ。それと同じだよ」

「そうだろうねえ。実は恥ずかしい話なんだけどさ。俺の甥っ子もさ、立派に男なんだけどさ。ヌイグルミが大好きなんだよ、はは」

「いや、全然おかしくないよ、それ」

「え？　そうなの？」

「そうだよお。実はさ、僕の妹の子も男が二人いるんだけどさ。彼らもヌイグルミが大好きなんだよなあ」

「……もしかして、スライム（ドラクエ）？」

「そお、そお、それ！　スライム！　何？　コドさんとこも？」

「……そう。まあ、スライムだけじゃないんだけどね。もう、アッチにコロコロ、コッチにコロコロしてるよ。人間様より座り心地のイイトコへ座ってるよ。でさ、コッチは退《ど》かそうとするじゃない？　そしたらもうガキンチョ達に滅茶苦茶怒られるんだよ。少しは整理整頓しろよって言おうとする直前にね」

「わははははは。そりゃウチの甥っ子も同じだよお。いや、でもさ。それってすごくイイことだと思う。あのさ、それってさ。あれ？　どこで聞いたっけな？　忘れた、まあイイか。あのさ、ヌイグルミや人形が子供の健全な成長を助けるのに大いに貢献してくれてるんだって」

「……へええ、そうなんだぁ」

「うん、そう。でさ、自分以外のすべてを思いやる大事な感情が芽生えてさ、成長していくんだって」

「へええ」

「ほら、ヌイグルミって、コッチから視線を合わせないと目を合わせられないじゃん？

でも、たまにはさ、なんだか視線を感じるなあってフと目をやった方に、ヌイグルミが座っていてさ、コッチを見てるってこともあるじゃない？」

「ううん、ごめん、わかんない」

「あ、いいよお。つまり、それでね。そういう、ううん、なんて言うのかなあ。巧くは言えないんだけどさ。とにかく、自分達からヌイグルミに視線を合わせるっていうのが、自分から積極的に周りへ働きかけるっていう感情？　かな？　まあそんな知能が芽生えるんだって。で、偶然にもヌイグルミの視線を感じるっていうのは、周囲の自分に対する関心や感情を感じ取るぅって言うの？　それ、それなんだって」

「へえ……今はそんなふうな考え方に進んできてるんだぁ」

「そお！　それでね。いつも同じに見えるヌイグルミの表情がなんだか違うなあとか、そういうのにも気が付き始めるんだって。それがね、実はそれが、相手が今何を思っているのか、どうして欲しいのか、どうされると相手は嫌がるのか、喜ぶのか。悲しいのか、痛いと思うのか。そういう感情も育つんだって。だから、男だろうが女だろうが、ヌイグルミや人形を抱っこしたり、可愛がったり話しかけたりしているのを絶対にやめさせたりしちゃいけないんだって。温かく見守る？　自分達も積極的に参加することが大切なんだって。それでさ、むしろそういうことは、僕達の大人社会にこそ必要なんだって」

「ううん……そうなんだあ……いや、その話、信憑性あると思うな。確かにそうかも知れない。うん、いや、ありがとう。凄くイイ勉強になった。俺にはまだ嫁さんも子供もいないけどさ。家族や親戚には子供が大勢いるからね。早速役立てたいよ。その話、姉貴達も知ってるかどうか聞いてみるよ。ホント、ありがとうございます」

「いやいや、そう言ってもらえれば僕も嬉しいですよ。まあ、ずいぶん知ったか振りしちゃったけどね」

「いやいや、そうやってイイ情報ってものは伝わっていくんだからさ。俺も誰かに話してみるよ。それこそ知ったか振りしてね。チョンガーなんですけどぉ」

「わははは。イイじゃん！　どんどんやってよ。コドさんの言う通りだよ。イイ情報はドンドン伝えていくことが大切だと僕も思うよ」

「じゃあ、二人でいろんな情報広めちゃおうか？」

「わははは！　案外ロクでもないガセ情報だったりしてね」

「仕手かい？　俺達は」

「そうかもね！　わははは」

戸田はある事実に気付いていた。小藤淵の表情である。彼が戸田と喋っていた時は一見穏やかな表情であるが、瞳からは凄みと拒絶と隠蔽と、謎と防御と攻撃性とを隠しもせず見せていた。

しかし、今、高田と話す彼の表情は無防備そのものである。そこら辺の〝普通の人〟だ。己をさらけ出している。相手のすべてを受け入れている。無垢に高田を信用している。

戸田は、

（見ちゃイケンものを見てしもうたみたいな）

と後悔した。

（小藤淵さんは、もう疾《と》うの昔に我《わ》ん過去を清算したんじゃ。決別したんじゃ。決別出来とるんじゃ。羨ましいなあ……俺、小藤淵さんみたいになれるやろかあ。アガイにカッコように年取れるやろかあ。取りたいねやあ）

小藤淵と高田は会話をお開きにした様子だ。

「そうだね、また会おうよ」

「会おうよお！　あ、今度さあ、皆でまた飲もうよ！」

「いいねえ。それじゃ電話ちょうだいよ、いつでもいいからさ。なるべくパパに合わせるからさ」

「わはははははは！　嬉しいなあ、助かるよ。じゃあ、ホントに僕の都合でイイ？」

「イイよ！　イイよ！　お祝い持っていくよ」

「うわ！　そういう気遣いはなしにしてよお、お願いだからさあ。なんかここで会ったのもさ、お祝い、ねだりに来たみたいじゃん？」

「わはははは、それ、確かにそうかもね」

「そうなんだよねえ、実は、待ち伏せしてたんだよおって？」

「わははは。その手、皆にも使えるよ」

「わははは！　この際使っちゃおうかなあ！」

「使っちゃえ！　使っちゃえ！」

「わはははは！」

「ん、じゃ、また会おうよ。それまで元気でね。道中気を付けてね」

「ありがとう！　コドちゃんも気を付けてね。また連絡するよ」

「待ってるよ」

「待ち過ぎて焦がれないでよね」

「わははは、明日また会ったりして」

「わははは、それ、ありそう」

「じゃ、ありがとう。気を付けて」

「そちらこそ。ありがとう」

「じゃ」

「じゃね」

弱り目に祟り目

小藤淵が営業車へ戻った。戸田はエリア内トイレへ駆け込んでいる。小藤淵と再び顔を合わせるのが気まずくて隠れたのだ。営業車の隣に停まるセドリックの中では道正が、小藤淵がこちらへチラリとでも視線を持ってくるのを期待し、彼を見続けている。小藤淵は道正の座るセドリック助手席を見なかった。

セドリックの停まる方向へも視線をやらない。営業車にエンジンがかかる。小藤淵は道正の視線から離れていった。

セドリックの運転席側の隣に停めてあった車にもエンジンがかかる。伊達が目を覚ました。（コクピットん狭《せも》うち堪《こた》わん！）という表情をしながら、ウン！　と思い切り伸びをした。

バタン！

彼は外へ出る。後部座席の富田と西園寺も目を覚ました。彼らも追い続けに外へ出る。

戸田がトイレから出て来た。入れ替わりに伊達・富田・西園寺が入る。戸田はセドリックのボンネットへもたれて煙草を吸い出した。道正が俯く。涙がファンデーションの表面を滑り、首と胴の境へ落ちた。

トイレ組が出てくる。戸田はくわえ煙草で合流した。

四人は野外の喫煙コーナーへ移動した。道正も煙草を吸うが、小藤淵の姿を目にしてからは吸いたいのを我慢している。

彼女は己が着るシャツの胸ポケットに入れている肌守りへ、小藤淵との再会並びに恋愛と結婚と、さらには彼の子供を安産する成就を祈願したところだ。全部成就するまでは煙草を我慢すると肌守りの御神体へ誓っている。

この肌守りは、彼女の両親が、娘が幸せな恋愛結婚をするために上等な人（娘自身にとり理想に適《かの》うた人）と出会えることを願い、他県にある恋愛結婚祈願成就で有名な神社へ拝んでもらいに行き、当社務所にて買い求めてきたものだ。もっとも、道正は神社の名前も鎮座地も忘れている。

車の外では、灰皿を囲む四人の背後へ近づいた男が一人。

彼は無言で西園寺と富田が立つ間へ、二人を突き退《の》かすようにして割り込む。

「！」

富田は全身のバランスを崩し、左隣に立つ伊達の右半身へ勢いよくぶつかった。

西園寺は、右隣に立っていた戸田の足を踏んでしまった。

「あっ！　ごめん！」

「痛《いて》っ！」

「悪い！」

「もう！　なんなんぞお！」

西園寺は戸田へ謝り、戸田は、西園寺の向こうに割り込んで仁王立ちする男を睨み据えた。

（！）

だが、すぐさま目を逸らす。

男は、四名いずれの身長もはるかに超える推定百八十センチ。アメリカのトップ・プロレスラーに変わらない筋骨隆々な体格。腫れぼったい一重瞼に、一日月の如く鋭利な切れ長の両眼。ないのでは、と思われるほどに細く作り上げた眉ノ毛《まえのけ》。鼻は極端な横広がりで鼻筋がない。

薄い唇、口角が真横に引き結ばれている。

髪の毛、細かいウェーブがキツくかかっているが、これはパーマをかけたものか、天然パーマであるか、知るは当人のみ。全身が赤銅色の、皺一本見当たらないピンと張り詰めた肌は日焼けによるものか、生まれ付きか、それも知るは当人のみ。年齢は三十歳代。

「なんなんぞお」

伊達も富田の向こうを睨んだが、それ以上の言動は諦める。

（うわっ！　エレエ柄悪そっ！）

伊達は煙草を灰皿へ落とした。三人も彼に倣う。四人は互いの目を見合った。

（早よ、ここ出ろうやあ！）

戸田と伊達はそれが可能であった。しかし、

「ちょ、ちょっとぉ……」

灰皿から離れようとした伊達の右腕を、富田の左手が掴んだ。

「！　な、なんぞぉ！　置いち行くぞ！」

伊達、富田を睨み付ける。富田は泣きそうな表情を彼へ返す。

「!?」

「だてえ……」

「お前なんなんぞお？」

伊達、己の眉間に皺を寄せた。

「これ、これ」

富田は自由の利く視線を、向こう側に立つ巨漢へ移す。

「ああ？」

伊達は眉間の皺を深くしながら、富田の視線を追った。

「！」

巨漢は富田の右腕をガッシと掴んでいた。掴まれた富田の腕より先は、赤黒く変色しかかっている。

「だてえ……」

巨漢の向こう側からも泣きそうな声が聞こえる。

「!」

声の主は西園寺。西園寺の左腕も巨漢が掴んでいた。巨漢の手は西園寺の腕の筋肉を握り潰しかかっている。

「人質かよ」

西園寺の向こう側にいる戸田が呟く。

「わきまえん出来ちょるやないか。そん通りよ」

「!」

巨漢の声は、見かけによらず鼻にかかって軽い。戸田は小藤淵の声を思い出している。

彼の声は、静かで優しく低く、甘い響きの中に凄みが混じっていた。巨漢の声は軽い中に少々枯れた音《おん》が出る。

(凄みんあるノと枯れたノと、の)

違いが何を表すのか、戸田は解明出来なかった。

「お、オンドレがぁ……俺、俺らになんの恨みがあるんぞ？」

声は震え、膝の筋肉も痙攣し始めるが、戸田は虚勢を張った。

「お、オンドリャア……。俺らはネヤア、族、ながぞ。暴走族ながぞ！　今ここんおるんはこんだきやけんどの。宇和島の地元にはネヤ、大勢《おおぜ》おるがぞ！　予備軍もおるがぞ！　そんぢ、今から俺らは瀬戸大橋渡っち行くがやけんどの。渡った先の岡山にも連合軍が大勢おるがぞ！　俺ら、ソイツらんトコへ今から遊びに行くがじゃん。オンドレみてえなオジン一匹、橋の下へ叩き捨《し》てっちゃるくらいなこたぁ、なんちゃやあらせんぞ！　テメエ、わかっとって俺らにイチャモン付けるがかあ！　お！」

戸田、口上するうちに調子が乗ってきた様子だ。

巨漢は口元を歪めて、グス！　グス！　と笑い出した。

「お前らねやあ、さっきから黙って聞いちゃりよりゃ、まあなんと好き放題なこと言うちくれるかいの。お前ら、我《わ》ぁで言いよっち恥ずかしゅならんかあ？　あ？　はあ、バカも大概にしち言《ゆ》えやの。たかが素行丁稚《すこでっち》（世間知らずの坊ちゃん）のクセしちぞよ、よぉここまで講釈言いまりよれることぞよなえ。儂《わし》、たまげた（呆れた）。おかげぢ耳ん中ん痒《か》いなっちもうたや。ふうん。で？　お前ら、どこのなん言うグループぞ？　お？　有名なんか？」

「！」

戸田と伊達が同時に反論しようとしたが、伊達の声が戸田の声より先に出た。

「なんやとお！　テメエ！　チイとコッチんおとなし奴《やっ》ちゃ思うち、バカにしよっちからにい。お！　この糞死に損ないのオヤジ如きん、なあに知ったふうなこと、ぬかしちくれるかいの。死ねやあ！　この独活《うど》の大木《たいぼく》（木偶の坊）があ！　そのボケたような面《つら》あ、今に打《ぶ》ち回しちゃるけんねや。そん小汚ね面あ洗《あろ》うち待ちよりまれやねやあ！」

男は己の両眼と口元に嘲笑を表す。

「お前らねや……お前らテメエん今ドゲな立場んなっちょるんか、多寡《たか》でわかっちょらんやろ？　お？」

「……やったらなんなんぞお、おお？」

「伊達の言う通りよ。テメエにゃカンケエないやろ？　お？」

「何、この変態糞中年があ」

「他人の人生にいらんこと言うちよ、頼まれもせんこと押し付けち来るのはやめましょうね。俺らの人生には全然関係ないオッサン！」

「ホントよ！　このボケた中年のクセしちからによ。生意気なんはソッチやがねえ！」

「キシャナイ（不細工な）顔して言わんのよお！」

「わははははは！　真《まこと》よ！　不細工な顔のクセに、偉そなこと、ほざきまんなやねえ！」

「ホントよ！　馬鹿助めが！　このボケナスがあ！」

男は大袈裟な態で溜め息をついた。

「お前ら、なんちゃ知らんようなのぉ。エエかぁ？　今こそよ、ケエサツん来よるぞ。お前らを捜しちの。お？　わかっとるがか？　ケエサツぞ、ケエサツ！」

「！」

「……ああ？」

「おい！　どがいすりゃ？　柄《から》（体格）も小《こ》んめけんどや、肝はまゝ、ゝっと小《ち》んまい兄《あん》ちゃんらよ」

「……」

「お前ら、この儂《わし》ん、お前らの正体なんちゃ知らずに追わえ付けち来たあ思うたか？　ふん！　馬鹿助はソッチじゃ！　お前らこそよ、この儂ん何者やら知らずに、言いてこと言いまりよるがじゃろ？　まあなんと安気な奴《やと》らかいの。お前らのことぞよ、野作《のさく》（鈍臭い、脳天気）な奴らあ言うがはの」

「……」

男、富田と西園寺を捕まえていた腕を放すと、戸田の眼前へ立ち塞がる。男は、（真《まこと》に上背《うわぜ》んあるがは都合んエエねや）という表情を満面に押し出しながら、戸田の頭上へ己の上半身を被せるようにして近づけた。

「お前よ。お前は先方《さっきがた》のことよ、儂みたいに背ん高《たけ》え奴と喋りよっつろが？　阿奴《あやと》はネヤア、此間《コナイダ》（つい最近）のことぞよ、儂んチイとヤリ込めちゃった素行丁稚の一人よ。小藤淵ぇいう奴やろが？　お？　ドガイながぞ！」

「……」

（え？　コイツ、何故《なし》、小藤淵さんのこと知っとんぞ！）

戸田は、考えていることを表情に出した様子だ。

「そうやろ？　そうじゃろ思たえ。阿奴《あやと》はの、つい此間《コナイダ》の話よ。儂《わし》の娘に手ぇ出しちの。逃げ帰りやがったもんやけん、儂、岡山まぢ追わえ付けちの。ドヤシ倒しちゃったや。のお、それぢの。儂、阿奴からの、慰謝料をの、一千万円その場で取っちゃったがぞえ。一千万円ぞえ、一千万円」

「！」

「お前らにゃ一生かかったち、よう稼ぎゃすらせんろが？　ソレん、阿奴は顔色一つ変えずにねやぁ、嫌な顔チイともせずにねや、スッと渡しち来たかいの。ガイな奴《やつ》つぉねやあ！　アゲに一千万という大けな金をハイハイ言うち、楽にどこぞから出しちきまっちからにやねや。はい！　言うち、惜《ほ》しむようなふうも見せずに簡単に渡しちきやがったかえの。儂、アレにはさすがにたまげたや。アゲな太《ふて》え奴は生まれち初めちぞよ。お前らもアソコまぢな太え野郎は見たこたあらすまいん？　ん？　ありゃすまいろが？」

「……」

四人は互いに顔見合わせた。

「阿奴《あやと》は生まれながらにしち、金というものにゃ真《まこと》に執着んねえ奴ぞねやぁ。儂、たまげたぞ。阿奴の家にゃ大判小判がコジャン！（ドッサリ、無尽蔵）と寝よるねや。それが証拠にの。阿奴の体からの、なんやら冷えたような湿気《しけ》た感じんするモノんこちこち（こちら側）へ伝《つと》うちきたかいの。アレはの、金冷《かねび》えぇいう体質ぞ。これは儂、生まれて初めち見たけんねや。儂、今までにも大概にカネを持っとりますのじゃ、持っとりますの位や言うちの、言い回りよるような奴らとの、存分《ぞんぶ》付き合《お》うたりや、ヤリ合うたりやしちきたけんどねや。金冷えするほどな奴《やと》は初めちぞよ。阿奴はねやぁ、そんじょそこらへんのヤクザよりまっと恐《おと》ろしいモノん、後ろに付いちょるぞえ。間違《まちげ》ねえぞ」

「……」

「オッチャンよ」

伊達だ。

オッチャンという呼称には、親しみを込めて呼ぶ表現と、馬鹿にしていう表現との二通りある。彼は、男を馬鹿にして呼んだ。しかし、声の調子が狂ったせいであろうか、男の耳には親しみを込めて呼んだように聞こえている。

「お？　なんぞ？」

「オッチャンは何者ぞな？」

「……」

男は、伊達が己を馬鹿にして呼んだものと気付いた様子だ。

「ふん、お前らは儂《わし》ん嘘八百を言いよるう思ち、馬鹿にしとろが？　やけんどの、ヤンガテ（やがて）それん悔やむことんなるぞ。ヨウに覚えちょけよ。儂はねやぁ、おお、そうよ、そうよのお！　儂、まず名前っから教《おす》えっちゃらな、いけないねやあ。そうよそうよ。まだ肝腎要の名前を教えとらなんだえ！　うん、こりゃ迂闊じゃった、迂闊じゃった。まず名前んわからんことにゃあ、儂ん、ウかもソかも案が付かんもんねや。のお？　儂はのお、衣疋島《いそしま》、衣疋島正時《まさとき》い言うがよ。こっから先、シャンと覚えちょっちくれよ。の！　それぢのお、儂はの」

四人は衣疋島正時の〝オヤジギャグ〟は無視している。ギャグは無視しているが、そこから向こうの半生話には最初から最後まで集中した。彼ら銘々、衣疋島の話に少しでも辻褄の合わない箇所があれば突っ込んでやろうと考えた。そしてそれを種に、先方《さっきがた》脅されれた仕返しで衣疋島を脅し返し、今度は己らで、衣疋島が小藤淵から脅し取ったと言う一千万円を奪い取っちゃろうとも考えている。一千万円の使い道は四人が四人、違うことを考えた。

戸田は、いったん全額を小藤淵へ返し、返したついで彼に再就職先などの人生相談に乗ってもらおうと考える。西園寺は、全額を小藤淵へまず返し、返した中からなんぼかをお礼としてもらいたいと考えた。伊達は全額を四人で山分けすることにはするが、己の車のタイヤ交換やらオイル交換やら、ガソリン代やら洗車代やらを含めて、何様《なにさま》（何しろ）自分こそ分け前をチイとでも多《おお》にもらわにゃイケンと思った。富田は、四人で綺麗に分けてしまおう、と。四人の頭の中に、セドリック助手席で彼らを待つ道正の存在はない。

四人は衣疋島の半生話を、（大袈裟や）と取っている。取ったが一千万円の話は本気にした。

「お前ら、儂の一千万を奪い取っちゃろういうち思いよろが？　お？　黙っちょったち、儂みたいなモンにゃ皆お見通しっそ。オメエらみてな、素行トロいモンらん考えよることくらい、儂《わし》らにすりゃ一発でわかることぞよ。隠したちすぐわかる。お前ら、儂を舐めちょったら張り回《ま》っ（張り倒す）そ。エエかぁ！　こるぁああ！」

衣疋島は見抜いていた様子だ。

「アンタ一体何モンなんぞな？　さっきからコッチん黙っち聞いちあげよら、調子ん乗りまっちからによ。悪いけんど俺ら、こん程度ぐらいじゃビビりゃせんぜ。ん？　俺ら若《わけ》えモンをシラケさすようなことばっかし言いまっちからによ。一体何《なん》してぇがぞな？　あぁ？　アンタなあ、俺らをなんか知らんいうち、脅しちゃろ思うとるがじゃろ？　ふん、俺ら、ソゲなことくらいでションベンちびるようなヘボはすらせんけんな。こう見えたち俺ら、そこら辺を怖がらしまくりよる松山の奴《やと》らの弟分じゃけんな。昔は宇和島ら辺じゃあ……まあ、オッチャンは知らんやろうけんどな、アンタは古い人じゃけん。あの『ネフェルティティ』言うがん沸かしよったんやけんどな。もう奴らはおらんようなっちもうたけんな。今度は俺らん、松山の奴らから杯をもろうち、南予一帯を沸かしよるんぜ。まあそういうことやけん、俺らを怒らしたらアンタ、マジ命ん無いぃ思とった方んエエぜ」

四人の中で、伊達の言う〝松山の奴ら〟に知り合いは一人もいない。嘘が顔に出たのであろうか、衣疋島はニヤニヤした表情を返す。

「お前らよぉ、頼むけん、こちこちにバレる嘘はついちくれなやぁ。儂《わし》、詰まらんがぁ。ねや……まあエエわえ。儂も今のトコ暇やけに、お前らの嘘に付き合《お》うちゃらえ。まあ何様《なにさま》（何しろ）ねや、お前らん根掛《ねが》けちょる儂の一千万はココにゃねえけんなえ。アレは儂ん契約しちょる銀行の貸し金庫へ、安全に納まっちょんなるけんの。お前らごときん、小汚ね手ぇ出せるよなイカイカな（いい加減な）トコにゃ退《の》けちょらせなえ。この大馬鹿助らめがあ！」

「……」

「お前ら、今からどこへ行く気ぞ？　お？　儂、お前らん任那《みんな》やら広居《ひろい》やら三間《みま》や広見《ひろみ》や初穂《はつほ》や松野《まつの》や日吉《ひよし》らへんぢよ、ヨイヨ不良《いけす》もねえことしよりまくりよったがを、チャンとこの目ぢ見とるがぞい。儂、警察へも知らしとるけんねや。儂、もう三遍ほどよ、警察へ通報しとるがぜ。お陰ぢなえ、警察からエライこと褒められちねや。儂、こっから電話したらすぐ、警察ん来ちくれるようんなっちょるがぞい。お？　ドガイすりゃ？　お前らよ」

「……」

「お？　どがいするがぞ？」

「……」

「シャキシャキ返事せよやあ！」

「！」

「お前ら、真《まこと》に往生際ん悪《わり》い奴《や》っちゃねやあ。お前らこの儂《わし》を総態舐めちょるがやろ？ん？　儂はの、お前らん馬鹿にしちょるような程度なモンやあらせんぞ。儂はこれぢもまチイと若え頃にゃねや、大阪やら兵庫ら辺で大けな仕事もしよったがぞ。今はねや、もう跡を取るモンがおらんようなっちもうたけん、別の会社へ取られたけんどねや。昔《むかあし》大阪にねや、『石川恒業』言うちの、小さいけんどお上からの大けな仕事をもらうがぢは、常連の会社んあったがぞ。そのお上もお上よ。そんじょそこら辺の小《ち》んまいようなトコやあらせんのぞ。宮内庁の仕事を請け負いよったがぞい。そこで儂はの、宮内庁の仕事もヤッタことんあるがぜえ。一遍はねや。宮内庁の別荘の……頭ん足りんお前らのことよ、大方《おおかた》知るまいろがの。葉山ぁいうトコのの、別荘ん井戸をの、儂、見事掘り当てたがぞい！

嘘じゃあらせん。嘘ぉ思うなら今すぐこっから宮内庁へ電話して聞いちみよや。間違いのう答えちくれらや。儂の名前を出しちみ？　儂の名前はサッキも言うたやろが？『いそしままさとき』よ。この名前を知らんモンはボーリング（掘削）業界ではおらんぞ。まし、知らんん言うモンがおるがやったら、そりゃ完全なモグリよ。ソイツらに仕事頼んだら大《おお》事《ごと》んなるぞ。おい！　お前ら、ボーリングぅ言うたち、あの玉ゴロゴロのボウリングやあらせんぞ。地面を掘っちの。水脈、まあわかりいいように言うたら地下水よ。地下水の通り道をねや、それも太い通り道よ。それをズバリ当てる仕事よ。お前らみてな脳なしにゃ一生かかったち、石川みたいな一流会社にゃ入れちもらえりゃせんわえの。儂は今、ソレん業績んあるもんやけんねや。全国のどこ行たち、どこの会社ぢも待遇ん飛び抜けちエエように雇うちもらえるがぞい。なんぼ馬鹿助のお前らも知っとるやろが？　あの宇和島一番の土建屋やりよる『十《とお》環《わ》成《なる》建設』よ。アッコからも誘いん来ちょるがぞい。やけんどのう。アソコは年から年中繁盛し過ぎるもんじゃけにの、何様《なにさま》（何しろ）忙《せわ》しいちイケン。なんぼ給料は良過ぎるくらいエエようにもろたちねや、忙し過ぎるがもシンドイけんなえ。アッコのガだきは大けな仕事ほど（だけ）請け負いよる。今はアッチやコッチやの土建屋の仕事を請け負うちゃあ、ボチボチじゃん、我《わ》ん好きなようにやりよるがぞ。お前らも更正しちねや、真面目んなりてぇ言うがじゃったら、それこそ今のうちよ。儂《わし》ントコぢ雇うちゃっちもエエがぞい。どがいぞ、ん？」

「……」

「まあ、ヨウに考えちょけや……それよりものう。ねや、お前ら。どこへ何しに行くがぞ？　お？　隠したちイケンぞ。お前、お前よ」

戸田を指差した。

「お前ん、先方《さっきがた》よ。あの小藤淵と喋りよっつろが？　儂、お前らの話全部聞かしちもろうたけんの。お前ら、どっか知らんのお墓やら何やらを暴いち、金にしょう思うとるがじゃろ？　ふん、そういう話やったら、そういう話こそぞ、この儂の手のモンよ。儂に任せよや。儂も若え頃はお前らよりゃマット大けな悪役《わやく》をしよったけんの。儂も今でこそ表じゃおとなしゅうにしちょるけんどやねや。ちょっと裏へ回ったら、お前らみてなことしよるベテランのプロの仕事を手伝いもしよるがぞい。そろそろ若えモンに技の伝授をせにゃイケンがあ思いよったトコじゃけん。この際よ。お前ら、儂らの仕事を覚えよやの。

儂らん持っとる技を漏らさず叩っ込んじゃらい。その代わりぞ、この稼業はの、一遍ぢもヤったら死ぬまぢ絶対に辞められんがぞ。我ん歳ん行《い》て、引退したいい思たち、勝手にゃ『もう儂、歳ん行たけん、引退しますう』言うち辞められんがぞ。必ずや、仲間うちへ相談をして、それぢも仲間うちん『まだヤっちゃんなんかあ』言うたら辞められんがぞ。この稼業、簡単に辞めさせちゃくれんがぞ。覚悟しとけよ。あと、それとねや。儂ゃ、チイと多めに分け前を取るぞ。もし、ソレん文句んあるう言うがじゃったら、今すぐこっから警察へ電話するけんの。その心算《つもり》ぢおれよ。エエか！」

「……」

「儂ん今言うたことを警察に言いたきゃ、どうぞどうぞ、なんぼぢも好きに申し出よや。なんなら今からそこの公衆電話ぢ試しにかけちみ？　警察はお前らの言うことは絶対に信じんけんの。かんまんけに（かまわないから）遠慮はいらんけん言うち行ちみ？『お前ら、何、寝ごと言いまりよるがぞ。イソシマさんともあろう人ん、ソゲな馬鹿をする人じゃあらせんぞよ。お前らこそじゃろが？　ソゲな罰被《ばちかぶ》りみてなことする奴らは』言うちねや。お前らこそん、座り（懲役刑）に行かなイケンようなるぞ」

「……」

　四人の考え。

（いかなアレぢも、ここまぢ大けな嘘を表立ってつけるようなこたぁ、何がなんぢも出来りゃせんぞ。これはもう、ヒョットやせんぢも本当の話やも知れん。こりゃ、いい加減、俺らも本気に取っとった方ん安全やも知れんねや）と伊達。

（どうしょやの！　とんだ恐《おと》ろし奴《やと》に引っかかっちしもたぞい。俺ら、この先ドガイんなるんじゃろ。ヤバ！　ヤバ！　もう、俺帰りてえ！　あぁあ、コゲなことやったらガキら相手に喝アゲなんかするんやなかった……ああ、もう！　どがいしょう。もう、どがいしょうやもねえんやけんどやねや！　兄ちゃあん！）は西園寺。彼の兄は地元銀行の支店へ勤めている。

（弱った！　弱ったねや！　こりゃ小藤淵さんが聞いたらボロクソん言《ゆ》われるぞ。どがいしょ！）と戸田。

（なんとかこっから逃げれんやろかあ！　オッサン振り切れるエエ方法ん、なんぞ思い付かんもんやろかねや？）は富田。

「お前ら、儂から逃げよ思うた時点でもうしまいぞ。ヒョットやぢも逃げらるう思うなよ」

衣疋島の言葉に一番反応して縮み上がったのは富田だった。

「さてとぉ！　お前らは車を持っとるようなの。儂はタクシーで来ちょるけに、今からお前らの車を追わえ付けち行くけんねや。エエかぁ？　儂ん雇うちょる車（タクシー）は腕自慢な奴《や》っちゃけんねや。振り切っち逃げろ思たち出来《でけ》りゃせんぞ。ヨウに覚えちょけよ。」

「……」

「それ！　早よ目的地へ行けや！　儂、ビッタシ引っ付いち行ちゃるけん」

四人は誰から先と言わず、同時に視線を合わせた。セドリックへ向けて歩き出す。

「チャッチャと歩けや！　鈍い奴《や》っちゃらねや！　早よせんと他の奴らに先越されるが！こう言うがは、早いモン勝《が》っちゃけんねや」

衣疋島は四人の頭を順繰りに張り倒すと、駐車場に待たせているタクシーへ向けて歩き出す。タクシーの社名は愛媛県宇和島市内に営業所を置く『マスミ』。ここのタクシーは飛びぬけて運転の荒いのと客当たりがよくないのとで業界内評価が殊に低く、世間の評判も悪かった。それでも経営が今のところ成り立っているのは、乗れさえすればよい、という客もいるからであろうか。加えて身内の身贔屓。身内がマスミで働いておれば利用するようになる。

「待たしたなあ」

マスミに衣疋島の身内はいない。運転手の一人である「背池《せいけ》」と意気投合してのことだ。背池のなにと意気投合したのか？　衣疋島と同じで、人の弱みを穿《ほじく》り出し、付け込むことである。

「おぉ、大将、ドガイやったらな？」

「うん、やっぱしソウじゃったや」

「ああ、間違いなかったかな？」

「間違いない」

「さあ、どうもそうじゃろとは思ちょったえ。やっぱし阿奴《あやと》らやったかな」

「間違いない。阿奴らじゃ」

「そんなら、奴《やと》らの後を付いち行きさやすりゃエエんよなぁ？」

「お、それぢエエがよ」

「そんなら」

背池、エンジンをかけた。


伊達は運転席ドアを開けたが乗らず、チョと上半身を屈め、座席の下へ手をやった。クワンとトランクが開く。彼はトランクへ腕を突っ込むと、赤地に黄と白と黒のチェック模様を走らせたカバンを取り出し、バタン！と閉めた。カバンをぶら下げた手と反対側の拳でコンコンと助手席の窓を叩く。

「出よや」

「ええっ？　なんで？」

道正は辛気な表情を返す。

「エエけん、出よやあ」

（！）

伊達の声に凄みが入った。

道正、渋り渋りな表情を表に出して、わざとにユックリ出た。

「早よ出よや！」

伊達、道正へ先ほど以上の凄みをかける。顔にも一面脅す表情。

「な、なんなんよぉ」

「やかましわい。サッサと出よ言うたら出よや！」

「もう！」

「なんぞ！　文句あるがかぁ！」

道正は、伊達が本気で己へ凄みをかけていることを認めないわけにいかなくなった。

「テメエは今すぐこっから一人でイね（帰れ）！」

「ああん?」

道正も伊達に負けるまいと、辛気な表情をさらに大袈裟なふうで出す。しかし、

「イね！」

（！）

伊達の方が上手《うわて》であった様子だ。彼は道正の眼前へカバンを押し付ける。彼女は己のカバンであるためか、反射的に奪い取るようにして受け取っている。

「俺らは今し方《がた》よ、悪い奴に引っかかっちもうちねや、財布のお金皆取られちもうたけんねや。オマケにソヤツの言うこと聞いち、ちょっと行かんとイケンとこん出来たけん。お前は財布に銭んあるやろが？　イケンかったち、こっから電話すりゃ、父ちゃんか母ちゃんか兄ちゃんが迎えに来ちくれるがやろ？　電話代ぐらいは持っちょろが？　エエかぁ？このことは、なにん遭ったち誰っちゃに言うなよ。テメエの親にも兄《あん》やんらにも言うなよ！　言うたら最後ぞ。まし言いぢもしまったら俺ら皆、皆殺しんされるがぞい！　ホントぞ。さっきなんか俺らマジで殺されかけたけんねや。エエか！」

伊達は、道正へ話の内容を理解させる間も返答させる間も与えず、彼女の背中をドン！と突き飛ばした。道正は大振りによろめく。

「エエかぁ、言われたことは守れよぉ！」

伊達は道正を睨み付け、凄みもかけるとセドリックの運転席へ乗り込む。乗り込むやいなやドアを閉めると同時に全席ドアロックした。エンジンをかける。

彼が道正へ話した『悪い奴らに自分らの持っとる金全部取られた』というのは嘘である。道正が話を本気に取るようにするため、伊達が捻り出したのだ。

道正は、（なんなん？　なんやったんよ？　さっぱりわからん！　まあ、なんか知らんけんど、何様《なにさま》（何しろ）皆、皆で私のことを心配して逃がしてくれたんやねえ。嬉しい！ホントは皆、私に気があったんじゃねや。ふふふふふ！）と思い込んでいる。

彼女は（嬉しい！）という表情を全面に出し、出て行くセドリックへ向けて精一杯、（我ながら可愛らしや）と思う仕草で手を振ったが、車中の四人は彼女を無視した。

伊達が言う。

「あのドブス、なんかエレエ勘違いしとらせんか？」

「ブワッハハハハハ！」

三人も同じことを考えていた様子だ。

セドリックの尻を追う衣疋島と背池も同じことを考えていた。

「なあ！　大将よ。儂《わし》な。儂も今まぢ、さんざん色背《いろせ》なオナゴに逢《お》うち来たけんどやねやぁ。アソコまぢ不細工ながは初めちかいな」

「わははははは！　お前もそう思うか？　儂も同《おんな》しこと考えよったえ」

「わはははははは！　ありゃ、男に捨《し》てられたぁいうことに多寡で気ん付いちゃおらせんなあ！」

「わははははは！　真《まこと》よ！　ありゃ、首から上は完璧な失敗作じゃけんど、首から下はまあ、一応はドガイぞなるやも知れんようなダッチワイフじゃけんねや！　これはもう、アレぞよ。いりもせんようんなっちもうた余分なモンは捨《し》てっちゃっちよ。後はチイとぢもガソリン代を浮かそかあいう魂胆じゃねやあ！」

「わははははは！　真《まこと》その通りじゃ！　やけんど大将よ、オラも今まぢダッチワイフも弄《いろ》うたことんあるけんどぜ。アゲなん失敗作の世話んなったこたぁ一遍もねえぜ！」

「わははははは！　背《せぇ》の字よ！　お前はさすがじゃねやあ！　ダッチワイフまぢ試しなったか！　その点、儂はまだチョンガー（〝童貞〟の意味）よ。ダッチワイフう言うがは、まだ名前しか知らんがよ！」

「わはははは！　まあ、今度一遍試しちみないや！　なかなかオツなガもあるんぜ。今度教《おす》えちあげらえ！」

「わははは！　おう！　教えちくれるか？　よっしゃ！　そんなら今から楽しみにしちょくけんな！」

「わはははは！　ぜひしちょっちやな！」

「わははははは！」

背池と衣疋島はいつ、どこでセドリックの五人を見つけ、いつ、どこからセドリックを追いかけてきたものであろうか？

渡れ！

上分パーキングエリアを出たセドリックは、松山自動車道を東へ向いて走り、高松自動車道へ入った。川之江ジャンクションを抜け、善通寺インターチェンジまで走り通す。善通寺インターチェンジへ着いたところで一般道へ降りる。国道十一号線へ出た。善通寺インターチェンジを降りてすぐ、国道十一号線沿いに四国八十八ヶ所第七十六番札所である「金倉寺」が立つが、セドリックの四人もタクシーの二人も気付いていない。十一号線から県道百九十一号線へ出る。百九十一号線の至近地に第七十八番札所「郷照寺」が立つが、セドリックの乗人もタクシーの乗人もこれまた気付かなかった。二台の車は追い続けに坂出北インターチェンジへ入る。瀬戸中央自動車道・瀬戸大橋を渡り出した。

セドリックの四人は上分パーキングエリアを出て瀬戸大橋を渡り切るまでの間に、作戦会議を済ませている。さあ、四人はどういうふうにして衣疋島らを撒《ま》くのか？　それとも、腹を据えて衣疋島の子分入りを決めたものか？　それとも？

セドリックは橋を渡り切り、岡山県側の陸へ上がった。上がってすぐのところに児島《こじま》インターチェンジがあるが、そこでは降りなかった。もう少し先まで走ったところにある、鴻池サービスエリアへ入る。駐車場に車を停め、エンジンを切ると同時にセドリックのトランクが開いた。伊達が開けたのだ。四人は早い者順にトランクへ頭と腕を突っ込む。

バタン！

最後に顔を出した西園寺がトランクを閉め、伊達がトランクをロックした。四人は一斉にトイレ目指して走り出す。用便を済ませ、顔を洗い、歯を磨く。出て来た四人は食事処へ向かう。食べ終わると、売店で食料や飲料を買い、戻る。伊達が後部座席へ座り、運転席へは戸田が座った。

衣疋島と背池は大笑い。

「なんぞ阿奴《あやと》ら。総態ヤヤコ（赤ちゃん）じゃのう！」

「便所ん我慢出来んようじゃあ、マダマダ丁稚（幼児）よ！」

二人はトイレへも食事処へも入らなかった。二人同時で済ましている間《ま》ならなおのこと、交代で済ませている間《ま》にでも、隙を突いて四人に逃げられるかも知れないと思ったからだ。

「また大けなこと、色背な物を買《こ》うちからに」

「お土産ぢも買うたがじゃろかねや？」

「あの不細工ちゃんにか？」

「まさかあ！」

「ブワハハハハ！」

「我ん、エレエ時に（危機が迫っている時に）、お土産を買うじゃの言うち、真《まこと》に真《まこと》にしかねガキじゃねやあ！」

「なあにが、ココんチイと足らんがよ」

背池が己の頭を人差し指でつついた。

「ブワッハハハ！」

「運転手ん代わったようなねや。ああ、阿奴《あやと》ん一番知っとるんじゃの？　ここら辺の様子を」

「そうかな」

「うん、間違いねえ。まあ、付いち行ちみたら、わからや」

「……」

セドリックが動き出す。

「お！　行き出したぞ」

「……」

背池はタクシーをセドリックの尻へ引っ付ける。セドリックはサービスエリアを出る前に、ガソリンスタンドへ寄った。満タンを頼む。背池も急いで満タンを頼んだ。

セドリックは水島インターチェンジを降りずに北上し、粒江《つぶえ》インターチェンジも素通り。早島インターチェンジも降りないで通過した。倉敷ジャンクションが見えてきた。セドリックの左ウインカーが点滅を始める。瀬戸中央自動車道から山陽自動車道へ入る。山陽自動車道を広島県へ向けて走り出す。

セドリックは倉敷インターチェンジを素通り。高梁川《たかはしがわ》を渡ってすぐ酒津トンネルへ入る。

水江トンネルを通過。玉島インターチェンジも素通り。道口パーキングエリアへ入った。戸田は車をトイレに近い場所へ停める。四人は揃って用便へ向かったが、今度は走らず安気な態で歩いていく。

「なんなんぞ！　阿奴《あやと》ら！　オラらを舐めとるがか！」

「まあ、ヤヤコんすることよ。案外儂らにビビっちしもうとるんやないがか？　そんぢ、動《いご》きも扱《すご》きもならんようんなっちょるけに、急《せ》いちみたりや安気なことしち見たりやするがやけんの」

「そんならエエがやけんどねやぁ」


四人は急ぐふうもないようにして戻る。運転席へは戸田が座った。助手席には伊達。セドリックが動き出す。阿坂トンネルへ入る。出てすぐ鴨方《かもがた》インターチェンジがある。セドリックの左ウインカーが点滅した。鴨方インターチェンジを降りる。高速道路と短区間を隣接して渡されているJR山陽新幹線高架下を潜り抜けた。

「戸田よ」

「お？」

「何？」

「わははははは！」

「え？」

「あ？」

「！　ああそうか！　ここにゃトダん二人おらえ！」

「ん？」

「何？」

「あんねやぁ、俺ん今、運転しよるトダへ話しかけたんよぉ」

「え？　俺？」

「そう。ソッチのトダ」

「え？　ああ、なんじゃ、俺かあ思た」

「わははは！　トんダ勘違いぃ」

「なんぞ、俺、テッキリ俺かあ思ち、返事したやんか」

「わははは！　マジ紛らわしい！」

「わははは！」

「で、何？」

「ああ、あ、お前、地図ま一遍見んても大丈夫か？」

「あ？　あ、ああ、全然大丈夫です。俺、勉強とか仕事で覚えんとイケンことは、多寡で覚えれんけんど、こういうことになら、なんぼでも頭ん動《いご》いてくれますけん」

「お前の頭はなんと都合のエエ」

「はい！　お任せください！　ただし、こういうことにしか働かんで。俺の脳味噌は」

「エエんやないいん？　俺なんかこういうことにもチョビットでも脳ん動いてくれんもん」

「わははは！」

「才能やのう！」

「わははは！」

どうやら戸田の脳味噌は目的地までの地図を完璧に把握している様子だ。

「ねやぁ、あれ、なんいう池やったぁ？　さっき戸田、ソッチの戸田ん言いよった池の名前よ」

「わははは！　出た！　ソッチの戸田」

「ソッチの戸田」

「じゃあ、コッチはコッチの富田?」

「え? あ、はははは! コッチの富田」

「そうよ、コッチの富田よ」

「コッチの富田」

「コッチの富田」

「ねやあ、教えちくれやあ、ソッチの戸田君」

「わはは! では、お教えしましょう! 池の名前はズバリ」

「当てましょう!」

「ああ?」

「お前、古や!」

「いつの時代のクイズ番組ぞ!」

「そうぞお! 今は『世界ふしぎ発見』ぞお!」

「いや、『なるほど! ザ・ワールド』もあるぞ!」

渡れ！


「ああ、俺ワールドの方ん面白いけん好き」

「え？　俺は不思議の方んエエ」

「え？　なんで？」

「ええ？　別に」

「別、に、て」

「……やけん、別に深い意味はない」

「ちょっと、ちょっと。話ん脱線しとるぜえ。早よ、池の名前え！」

「あ？　え、ああ。あれは『辵末佐池』」

「ああ？」

「ちやくみのすけ、いけ」

「ちゃ」

「おちゃ？」

「……言うと思た」

「わはははは！」

「なに？　もう一回言うて？」

「ち、や、く、み、の、す、け」

「ちやくみのすけえ？」

「おお、ちゃくみのすけ、いけ、よ」

「ち、ちゃく、みの、すけいけえ？」

「ちゃくみのすけいけ、か？」

「そうよ」

「変な名前え」

「何それ？　どういう意味なん？」

「え？　知らん」

「え？　知らんのお？」

「知るわけないやん」

「なんぞ、つまらん」

「つまらんのなら、ここで降りてくれちもエエがぞい」

渡れ！


「な！　なんなん！　嫌てやあ！　なんでコガイなトコで降りんとイケンのてや？　嫌ぞよお。やめてくれやねや。ゾエんなよ！」

「お前ん、つまらん言うたけんよ」

「だって意味ん知りたかったんやもん」

「ソゲ言うたち、知らんモンは知らんのやけん、イケまいが？」

「それはそうやけんどよ！　だいたいねえ、俺んつまらん言うたがはネヤ。池の名前の意味んわからんけんぞ。たったそれだけのことやん？　そんくらいのことで降りよ言われたら、こっちゃ堪ったもんじゃあらせなや」

「……」

「もう、お前らエエ加減にせよやあ。ここでケンカしよるバヤイじゃなかろが？」

「そうよ、後ろの奴らに余計付け込まれるぞよ」

「……」

「……まあ、そうよ」

四人、仲間割れを回避出来た様子である。平生からよほど反《そ》りが合うのであろうか。それとも利害関係が一致しているからであろうか。それとも同じ穴の狢《むじな》である事情をわきまえているからであろうか。知るは彼らのみ。

「お前んワヤワヤ文句言いよるけん、早よ着いたえ」

「?」

「ええ?」

「なに?」

戸田は左ウインカーを出し、車を路肩へ横付けする。人差し指で前方に広がる池を差した。公道片側二車線進行方向へ向かって右側である。公道の両脇には田畑が広がり、古くから住んでいるのであろう人家が点在する。西園寺は人家の造りに違和感を覚えた。

「なんか変」

「あ?」

「なんぞ?」

「なんかおるがか?」

「いや、そうじゃない。そうじゃないんやけんどや……なんか違うんてやねやぁ」

「そうじゃのうちさや、後ろにゃいらんモンが付いち来て、こちとら弱っとるがじゃけんねや！」

「やけん、何が？」

「んんん……なんやろ？」

「あのねやあ、コゲな時に意味深なこと言うち、皆を困らすなやあ。そうじゃのうちさや、後ろにゃいらんモンが付いち来て、こちとら弱っとるがじゃけんねや！」

「それはわかっちょるちや。やけんどねやぁ」

「そんぢの！　なんオカシがぞ！　どこのなんオカシがぞ！　ん？」

「ここらへんの家みんな」

「？」

三人は見える家を見回す。どこの家も皆、古民家と呼ぶほど古くはないが、昔ふうの重厚でドッシリとしてゴージャス、貫禄充分な広々とした造りだ。真新しくはないが、まだ綺麗さ充分な二階建ての屋敷である。一軒が建て始めると、我も我もとご近所こぞって建て直ししたのであろうか。

「なんぞ。ドコっちゃオカシとこなんかないやねえか。なんなんぞ、ふざけんなやねやぁ！」

「誰っちゃフザケとらせなえ！」

「もう！　またケンカかなあ！」

「しとらせなえ！」

「しとるやん！」

「あ！」

「！」

「？」

「わかった！　わかったぞ！　西園寺の言うた意味が！」

富田が叫ぶ。

「？」

「ああ？」

「あれ！　あれ見よや！　あれ！」

「ああ？」

「なんぞ！　俺らんトコの家と、なんチャ変わらせんがあ！」

「なんぞ、お前、わかっとるやんか！」

「あ？　何！　何が？」

「あれ？　お前知らずに言うたん？　それってマグレ当たり？」

「お前、何言いよるが？」

「い……いや、いやぁ、今お前ん、『チャカワラ』ぁ言うたけん。あれ、知っとるやんかぁ思ての」

「？」

「何？　ち？」

「チャカワラ」

「ちゃ、ちゃか？　何？」

「チャカワラ、チャ、カ、ワ、ラ」

「ちやかわらぁ？」

「やけん！　ちゃ、か、わ、ら！　わからんかあ？　茶！　瓦！　茶色の瓦！　あれ！　屋根見ちみよやぁ！　家の屋根ん皆、茶色い瓦やろが」


渡れ！

「あ！」

「ホントよ」

「……」

「の？　わかっつろが？　エエ加減……屋根ん皆、茶色いやろが？　俺らんトコの瓦はドコもカシコも黒いいうか、灰色ばっかしやろ？　あ！　新品な奴《やと》は銀色やけんどよ。やけんど、ここらへんの瓦は皆、茶色ぉ言うか、ミカン色ぉ言うか、まあ、ソガイな色しとるやん？」

「プ！」

「え？」

「みかん色」

「ププ！　ミカン色と」

「わはは！　みかん色！」

「ミカン色！　ミカン色！」

「……おお、そうよ！　みかん色よ！　みかん色やんか？　もう、エエやんか……まあ、

渡れ！

「言われちみりゃ、真《まこと》、みかん色よ」

「……真《まこと》よ」

「のお！　みかん色！　みかん色やろん？」

「わかったわかったけん」

「もう！」

「はいはい」

「おい！　アソコにおる犬、尾も白《しれ》え！」

「おもしれえ！」

「わはは！　めんご！」

「もう！　エエやんかあ！　もう！　いちいちヒトの揚げ足取っちからにぃ！」

「オレンジカラー」

「オレンジ色」

「ダイダイ色」

橙《だいだい》色？」

「……」

「まあ、ミカン色みてな、茶色みてな」

「の？　そんで、西園寺はそこん、なんか変じゃあ言うたんやろ？　のう、西園寺よ？」

「……そ、そうかも、知れん。ああ、そうやったんか！　屋根ん色ん違うけに、オカシイ思たんじゃろかねや？」

「俺に聞かれたち困らえ。お前ん、我《わ》んオカシイ思たことなんじゃけんの。やけんど、オカシイとしたらソコしかないんやないんか？　俺はそうとしか思えん」

「いや、富田の言う通りかも知れん。そんで、オカシイ思たんやも知れん。大方《おおかた》そうじゃ」

「なんぞ、ソゲなことかい。真にねやぁ」

「まあ、ソガイ言うなやのぉ、伊達よ。気ん付いた西園寺も富田も偉いやんか。なんか、俺ら二人《ふたあり》は気持ちに余裕んなかったんやないんか？　偉そうなこと言うようじゃん、俺らもまチイと気持ちに余裕を持たんと、後ろの野郎らにエエようにされっちまうぞよ。そんぢのぉ、まチイと、なんぞ考え直さんとイケンのやら知れんねやあ、のう？　そうしょうや！　の？」

「……」

富田の言うミカン色、茶色をした瓦は石州瓦《せきしゅうがわら》のことである。

「ねやあ、俺、サッキから気んなっちょったんやけんど」

「なんぞ！　お前もか！　今度はなんなんぞ！」

「ここらへんよ。俺、お宝んあるう言うぐれぇなトコやけん、まっと山ん中での。池ぇいうちもよ、なんかもっと気色悪いブツブツ沼みてなトコかあ思いよったんよぉ」

「ブーッ！　ブツブツヌマ」

「ブツブツヌマ」

「ぶはははは！　ブツブツヌマ」

「お前！　それ！　なんなんぞ一体、ブツブツ沼言うて……」

「……え？　あ、ああ、それえ……ん、あの、あのの、そんでの。何かこう、ブツッ！ブツッ！　言うて、こう池ん中から湧いて出よる、言うか、な？　ん」

「わはははは！　お前ねやあ、湧いて出よるう言うて……ウジじゃあるまいし」

「わはは！　ウジ！　ウジと！　わはははは！」

「のう、ソガイ思わなんだか？　お前らも。やけんどよ、見ちみよや。池、綺麗《きれえ》なことないか？（よく整備されていないか？）俺らんトコにもある普通の溜め池と同《おんな》じやんかぁ。俺、正直、ヒトの目ん無《ね》えトコじゃあ思いよったけん。やけんど、ここ、ハッキシ言うて、ヒトの目んあり過ぎりゃせんか？」

「言われちみりゃ、そうかも知れん」

「そうやろ？　そんでの！　これ、どうやっちお宝んあるトコまで行くがぁ？　ウカァーン気で（うっかりと）行きよったら、これ、ここらへんの人らに見つかりぢもしたら、コジャンとドヤサレりゃせんかぁ？　俺、ソレん、荷《に》んなっち荷《に》んなっち（心配で心配で）」

「……」

「……確かにそうやのう。ドガイすりゃ？」

戸田の視線は池を飛び越え、池の向こう側に立つ立派な屋敷群も飛び越え、屋敷の裏手へ迫る、高台中腹に立つ数基の石塔（墓石）をも飛び越え、石塔よりもさらに高みに立つ祠を睨み据えていた。

「おい、アッコか？」

西園寺が運転席へ身を乗り出し、戸田の視線を、己の目でなぞった。

「そうよ」

「これはチイと難しなえ」

「難しい」

「ドガイすりゃ？」

「……まあ、まチイと考えさしてくれ」

「お、おお。俺はいつまぢも待つぞえ。俺の脳味噌じゃあ、ことんならんけんの。お前に任さえ。とても俺じゃあイケン」

「いや、ソゲなことはねえがの」

「いやいや……」

「……」

戸田はエンジンキーを回した。

右ウインカーを出す。後方より走って来る二、三台を先へ行かせてからルームミラーとフェンダーミラーへ注意を払い払い、ハンドルをユックリと右へ切る。

「！」

「おい、どこへ行くんじゃ？」

「……考えんある」

二、三台の中の一台が池脇の片側一車線道路へ向けて左折する。ボルボ・ステーションワゴン。カラーはパッと見、濃いグレーであるが、これは所有者がディーラーへ特注した色。

運転するのはレッド&ネイビー・レオズで働く小藤淵だった。彼は上分パーキングエリアを出た後、豊浜サービスエリアへ入り、そこも出た後、会社へ戻っている。

小藤淵は会社から、四国エリアにて今回狙った取引を、すべて本契約へ持っていけた御褒美として臨時の休暇がもらえたのだ。営業車は社内駐車場へ戻し、自家用車に乗り換えて自宅へ戻ったところである。

戸田の目が、ボルボを運転する小藤淵をとらえたのであろうか？　否、戸田は小藤淵を見つけていない。

セドリックは、つい今し方ボルボが通った道へ入る。ボルボの後を追ったのではない。偶然だった。池なりに進む。外周を半分なぞったところで、池とは反対方向へ延びる町道か村道であろう道路へ折れた。車一台は通れる。通れるが、幅員がそれより狭く見えるほど、両脇には人家が迫るようにして立ち並ぶ。四人にとり、家の中から家人の目が睨み据えてきている感じがしてイケない。自然に四人の上体が縮こまる。人家が切れた時には揃ってホッとした。上体を伸ばした。

人家が切れて畑が広がる。戸田の目に四つ角が見えてきた。四つ角へ着いたところで、後続車がタクシーだけなのを確認すると、左ウインカーを出し停車する。尤もここでどんなに避《よ》けられるだけ避けたところで、対向車も後続車も、セドリックやタクシーとすれ違いも、抜きも出来ないのであるが。

戸田は運転席を降りる。彼は四つ角のど真ん中へ立つ。当の四つ角、道が畑の畦なりに敷いてあるためにグニャリと緩く大振りなカーブを拵えている。角らしい角がないので四叉路と呼称した方が正解かも知れない。四叉路、彼にはクモ膜に見えた。彼の大伯父の一人が、クモ膜下出血で他界したので知っているのだ。ただし、クモ膜の実物は見ていない。

戸田は（大けな蜘蛛みたいじゃ。夜んなったら化けち出りゃせんか？）と、一人で冷豆《ひやまめ》を拵えた。

彼は蜘蛛四叉路をグルリ見回す。舗装された道路のうち、一本が山へ向いていた。

（よっしゃ）

バタン！

運転席へ戻り、ドアを閉める。発進合図の右ウインカーを出した。

セドリックが動き出す。左ウインカーを出し、ボンネットが山側へ向く。

「おい、これ、もしかしたらお墓らへんのトコへ行くんやないんか？」

「わからん」

「……」

「行ちみにゃわからん」

「巧いこと着きゃエエんやがの」

「行たトコ勝負よ」

渡れ！


「ははは！」

戸田の頭には「ハウンド・ドッグ」の『バッド・ボーイ・ブルース』が鳴り続けている。それは、伊達と運転を交替してからずっとだ。カーステレオもラジオも付けていない。四人ともかけるのを忘れているのであろうか？

（あきらめたくはない！）

マスミタクシーの車内では、

「阿奴《あやと》ら、本気ぢ、なんどヤラかすようなねやぁ」

「ありゃヤルなあ」

「絶対ヤルぜ」

「何をする気じゃろ？」

「ここらへんにこだわっちょるようなけん、ここらへんのどっかに、なんどエエモンがあるのぜね（あるのだろう）」

「んんん、阿奴《あやと》ら、なかなかヤルなあ。これは俺らん、チイと阿奴らを小《こ》んもうに見過ぎとったやら知れんの」

「……油断ならんぞ」

セドリックは三十キロ出すか出さないかの速度で進む。路肩にはガードレールが立つが、ところどころ途切れている。山道が舗装道路を横切るためだ。戸田はその中で道幅が広い山道へ目を付けた。

「よし、ここじゃ」

戸田は左ウインカーを出し、セドリックを一時停止させる。ギアをバックに入れ、ソロソロ後退りさせ始めた。

「！」

たまげたのはタクシーの背池。

「お前《め》ぇよお！　イキナリ下がるかあ？」

「チイと車体を引っ付け過ぎよ」

「ソガイ言うたち、あんまし車間取り過ぎたら、奴《やと》らに逃げられるぜえ」

「小難しこっちゃの」

宝のありか

戸田は、セドリックを山道へ寄せられるだけ幅寄せし、サイドブレーキを引いてエンジンを切った。運転席を降りる。山道へ足を踏み入れた。道は急な斜面をジグザグに曲がりながら、人家へ向かって下っていく。眼下で繁る藪《やぶ》の鉄色《てついろ》群を盆の縁に見立て、底の分にはお墓がところどころ建てられているが、そのお墓に囲まれるようにして祠はあった。彼の後を追って下りてきた西園寺も見渡す。

「おいぃ」

「何《なん》？」

「アレ」

西園寺が指差すのは祠。

「どがいしたら？」

「アレ、よ。なんかさあ、アレ、そこらへんに立っとるお墓に守られとるように見えん？」

「……」

「なあ、そう見えんかぁ？」

「言われちゃ見りゃ、そう見えるねやぁ」

「やろ？　なんか気色ん悪《わり》こたねえかぁ？」

「……」

「ウッカリ踏み込んだら、そこらへんのお墓に祟られそうな」

「……」

「おい、ドゲしたがぞ？」

伊達と富田も出てきた。

「なあ、見ちみよやぁ、アレ」

「ん？」

「何、どがいしたん？」

「アソコのお宮よ」

西園寺がお宮、と呼称したのもわかる。祠と呼ぶには大き過ぎるからだ。しかし、神社、と呼称するには小ぢんまりし過ぎている。

「なんか変やない？」

「！　え？」

「何《なん》ん？」

「変やんかあ。だってよお、普通、お墓んあるトコにお宮なんか建てるぅ？」

「……」

「！」

「！　あ！」

「真《まこと》、よぉ」

「やろ？　やろ？　なあ！　オカシイやろ？　普通さあ、普通やったらお地蔵様みたいな、
あ！　そうよ、仏像よ！　仏像言うかぁ、仏様とか五輪様《ごりんさま》（五輪の塔・五輪墓）ん、中へ
置いてあるお堂んあるがん、ホントやねえか？」

「！」

「あ！」

「そうやろ？　アレ、見ちみいやぁ！　どう見たて〝お宮〟ぜ！　お宮！　お堂やないやん。お堂とお宮じゃ、造作（建物の形）ん全然違うやろ？」

「確かに、言われちみりゃ」

「真よのお！」

「お前、今日はメチャ冴えちょるなえ！」

「今日は、はねえやろ？　今日は、は」

「わはははは！」

「……なんか、気色ん悪いなえ」

「ヤッパシそう思うやろ？」

「あ！」

「なん！　なんなんぞお、今度は」

「ああ、あぁ、あの、そのお墓よ」

「ええっ？」

「なんぞぉ、もう！」

「イヤぁ、ように見ちみい？」

「……何をぉ？」

「ホデの、お墓の名前よ」

「？」

「ええ？」

「そんでぇ、名前よ。石に書いちある名前よ」

「書いとるいうより、彫っとるぅ言う方ん」

「も！　揚げ足取んなやあ！」

「わははは！」

「あ」

「！」

「あ、何？　これ。なんいうち読むが？　俺らんトコにゃない名前じゃねやあ」

「あ、ホントだ」

「またこれ、同《おんな》じ名前ばっかし！」

「これ、何言うち読むが?」

「コドスエ、よ」

「?」

「あ? 何ぃ?」

「こ・ど・す・え」

「こ?」

「こど?」

「コドスエ!」

「こどす」

「コドスエ」

「コドスエぇ?」

「あ、コドスエぇいうち読むん?」

「そう、コドスエ!」

「お前、詳しいねやあ!」

「昔、レッドで働きよった時分にこの名前の奴《やと》んおった」

「……」

「へえぇ」

「あ、そうなん？」

「ここ、コドスエさんいう人んトコのお墓なんやねえ」

「そうやない？」

「見渡す限りコドスエさんばっかし」

「……大方、お宝はあのお宮ん中にある」

「！」

「え？」

「アソコこそが宇喜多直家か知らんいうノのお墓よ。そんぢ、アん中にお宝ん埋まっちょる」

「あの、お宮ん中に」

「お宝あ！」

「おぉ」

戸田は思い当たる。

（小藤淵さんは知っとったんじゃ。小藤淵さんらこそん、宇喜多直家の子孫じゃあいうノをの。そんやけん、俺にお宝のあるとこを教えんかったんじゃ。俺らにホジクリ返されたら堪ったもんやないぃ思うち、知らん振りをしたんじゃねや。やけんど、これでわかったぞえ。お宝は確実にある！　小藤淵さんが嘘言うたあいうことは、間違いのう、お宝はアソコにチャンと埋まっちょる！　宇喜多直家のミイラか骨か知らんもあるはずじゃ。これはぁ、面白えことになった。お宝は俺らんもらう。絶対にもらう！　ほでぇ、タクシーの馬鹿ヤンらはここぢ叩きのめして……ぶち殺しちゃっちもエエねや。もうこうなったら破れかぶれじゃ！　人殺しぢもなんぢもしちゃるぞえ。そんぢ、そこらへんのお宮やらなんやら片っ端から暴いち回っち、お宝あるだき皆、取っち行っちゃる！　これぢ、これぢ俺は食うちいく！　これぢ食《あ》うち生きるぞ！）

「じゃあ、あのお宮を開けたらあるんじゃろかあ？」

「……わからん」

「馬鹿あ、開けてイキナリ置いちあったら、すぐ盗まれるやんかあ！」

「当たり前やん！　俺、ソガイな意味で言うたんやないぜ。それやったら、誰ぢも盗り放題やんかあ！」

「わはははは！」

「大方、土ん中に埋まっちょる」

「じゃあ、掘らんとイケなえねやぁ」

「掘るモンがいる」

「スコップとか？」

「インボ（ユンボの訛り。パワーショベルカー）」

「馬鹿！」

「わはは！　ソレん一番手っ取り早いねやあ！」

「ユンボみてなの、コガイなトコへ持っち来よったら目立っちイケンぞ」

「だいたい、どっから持ってくるんてや？」

「俺、車とかのキーの壊し方知っちょる」

「！」

「嘘お！　嘘やろお？」

「マジかよぉ」

「俺、この前、柳谷川《やたがわ》先輩に教えちもろうたけん」

「……」

「ホントお？」

「恐《おっと》ろしやぁのお！」

類は類を

「マジぞ」

「……」

「ちょっと柳谷川先輩は……俺、関わりたくない」

「俺も」

「……なんか、なあ。あの人と一緒におったら犯罪に巻っ込まれそうなこたないか？」

「俺ら、もう、犯罪者ぞ」

「？」

「考えんたちわかるろが？　俺ら、今まで愛媛じゃ存分《ぞんぶ》イケスもねえことばっかりヤリカヤりよったがぞ。その挙句《あげ》に、ここまで来んとイケンようなったんやろが？　お？」

「……」

「俺らはもう、立派な犯罪者グループながぞ。もう、犯罪ででしか食うち生きる道はねえがぞ」

「……」

「俺、何故《なし》、アゲなことバッカシしよったんやろ」

「……」

「俺さあ。前におった会社、別に嫌なこと、なんちゃなかったんぜ、ホントは。ホントは毎日面白うち堪らなんだがに。俺、なんん嫌ぢアッコ辞めっちもうたんやろ。俺、今、メチャ後悔しとる。俺、辞めなんだらよかった。俺、もし、もしよ、今警察に捕まったらもう素直に恐れ入る。そんぢな、真面目に罰受けてな。お金とか、今まで盗ったモンは全部被害者へ返す。そのために前のトコへ期間社員のテスト受けて絶対にやり直す！　俺！　もう悪いことはコリゴリじゃ。俺、もう悪いことは絶対せん！　死んだちセンぞ。俺、なんぢコゲなことしたんやろ……俺、兄ちゃんに申しわけない！　兄ちゃんは俺にいっつも優しゅうち、学校《ガッコ》おる時分も勉強も根気ように教えちくれて……や」

「泣き言は警察に捕まっちからにせえや」

戸田が凄む。凄みはしたが、怒鳴りはしなかった。大声を出せばタクシーの二人に聞こえると思ったのだ。

「そうよ。捕まる時ゃ皆対《つい》（一緒）よ。問題は、ここをどうするかよ。ここを暴くのか。やめて、どっかへ逃げるか」

「どっか、言うて、どこへ？」

「……どこんエエかのお？」

「そんな、わからずに言うたん？」

「お前なあ、人任せなことすなやあ」

「ソガイ言うたて、俺、全然思い付かんもん」

「あああぁ、もう、揃いも揃うち馬鹿バッカシなんやけん！」

「馬鹿は馬鹿なりに知恵を出すがよ」

「言うたち、俺ら全員馬鹿じゃけん、馬鹿みたいな知恵しか出んぞよ」

「わはははは！」

「もう、馬鹿みたいに笑いよらんてエエけん、考えよ。なんぢもエエがじゃけん。この際、バカみてえな知恵ぢもエエちや！　ないよりゃマシよ！」

「なんかエエ方法ないかねえ」

「……」

「俺さあ、サッキからなんか嫌ぁな視線みたいなモン感じるんやけんど」

「！」

「お前！　真昼間から嫌な話すなやねや」

「ソガイ言うたて、下の方から感じるんやもん。あ、下ぁ言うたて、お墓の土の下ぁいう意味やないぜ」

富田の言葉が気になったのであろうか、伊達は石塔の林立するところから下へ目をやった。

「……」

「おい、ドガイしたりゃ？」

西園寺も伊達の視線を追いかけるようにして、下へ目をやる。

「なあ？　なんか、人の視線感じん？　感じるやろ？」

富田は、お墓の下（墓地を下りた場所）に立つ人家の群から目を逸らした。己が見ないようにすれば、人家の中から光っていそうな家人の目から逃れられそうな気がしたのである。

「……」

伊達は目に映る人家すべてを端から端まで、一軒一軒、視線を留めては気配を探した。

伊達は、人家の、特にお墓の下に並んで立つ家の殆どから視線を感じ取っている。

「ヤバイねや」

「何？」

「下の家の殆どから視線を感じる。言うかぁ、確実にコッチを見よる」

「！」

「嘘！」

「ホントじゃ」

「ヤバイことないかあ？」

「ヤバイねや」

「もう、ここにゃいつまでもおらん方んエエんやないんか？」

「そうよ！　とりあえずよ、ここを出ろうやあ。そんぢの、まチイと暗《くろ》うなっちから出替《でか》えち（出直して）来た方ん、利口なことないか？」

「俺も考えよった。やけんど、後ろの馬鹿ヤンらんそれを承知するろか、よ」

「あ、ああ、あのタクシーか？」

「おぉ」

「阿奴《あやと》は無視しとこうや」

「おい、いっそ、この際よ。ここからなんど、なんぢもエエけん、盗れるモンを一つぢも盗ってよ。わざとに大騒ぎを起こしてよ。下の家の奴《やと》らん来た時を見計らうちの、タクシーとお宝をの、置き去りにして逃げっちゃるういうがはどうじゃろ？」

「お前ねや。皆ん考えそうなこと考えるなや。エエか？　俺らん逃げられちの、阿奴らん下の家の人に捕まったところでの。阿奴らは罪を皆俺らに着せるぞ。まあ見よっちみよや、絶対にこう言うけんの。『私らは、あの四人を愛媛から追わえ付けてきましたぁ。阿奴らん、なんど、人んトコのお墓で悪《わ》りことしそうなけん、見届けちから警察へ言うち行こう思いよりましたぁ』言うちの」

「お前、今日はマジ冴えちょるねやあ！」

「今日は、は余計じゃ」

「ああ、マジ言うねやぁ」

「アゲな奴《やと》らのこっちゃけん、警察の前じゃマジ何言い出すやら知れりゃせんぞ」

「もしかしたら、阿奴《あやと》らんヤッたことまで俺らのせいにするやら知れんぞ」

「するなぁ。間違いのう」

「もうそんなら、いっそ阿奴らをぶっ潰してよのぉ、ここらへんへ埋めち逃げろや。さっき戸田も言うつろ？『俺らはもう犯罪者じゃあ』言うたやろ？　やったら人殺しも何もヤリ倒しちゃろや。そこまでヤッたら俺らも本物ぉ言うか、大物よ。その筋の世界でも一目置かれるぞ」

「お前、本物、言うたち……だいたいねやあ、大物じゃなんじゃ言うたてよ。一体〝その筋の世界〟言うて、ドガイな世界ぞ？」

「え？　犯罪者の世界」

「……」

「言うかなあ、まあ、暴力団とかも、の、世界、も？」

「……甘や」

「甘や……」

「お前ねやあ、甘《あめ》にもホドんあるぞよ」

「え？　甘いい？」

「甘《あめ》わえ。だいたいよ、柳谷川先輩で怖がりよったらヤクザの世界は無理よ」

「え？」

「だって考えてもみよやあ。あのマジで害《がい》な柳谷川さんぢさや、宇和島の組じゃあ下っ端じゃあ言うやんかぁ」

「え？　そうやったん？」

「そうよお。もうあの人、松山へ出たら、誰っちゃにも相手にしちゃもらえんいう話ぞえ」

「詳しや。誰に聞いたん？」

「え？　入乃端《いのはな》さん」

「え？　入乃端さんん言うて、十環成《とおわなる》建設に行きよる？」

「そ」

「あれ？　入乃端さんん言うてよ、アレやなかった？　蒲座《かまざ》建設におらんかった？」

「ああ、十環成へ鞍替えしたがと」

「なんで？」

「え？　給料んエエけん」

「え？　そうなん？」

「嘘」

「もう！」

「覚えとらん？　お前ら。前《まえ》え、に入乃端さん、街中《まちなか》でケンカして酔っ払いと大太刀回りして」

「あ！　覚えとる！　あれ害《ガイ》なケンカやったんとねえ！」

「あ、あれ、入乃端さんやったん？」

「そうよ」

「うわ！　知らんかった」

「アレなら俺、なんでも知っとるぞい。だって相手の酔っ払いはウチの近所の奴やったんやもん」

「え？　そうなん？」

「そうぜえ！　あのの、アレはウチの近所のクソオヤジでの。なんか、酒ん入ったら辺り構わず酔っぱろうちの、近所のそこらへん一帯にションベン引っかけち回るもんやけん、ヨイヨ皆で弱っちょるがちや」

「わはははは！」

「うわ！　堪わん！」

「やろう？　そんぢの、町会長らんの、休みの明るいうち（休日の昼間）に文句言いに行くやん？」

「うんうん」

「やけんどイケルもんかや。阿奴《あやと》の、『え？　儂《わし》、飲んどったけん、覚えちねえ。証拠はあるんかな？』やけんねやあ。そんでの、誰も今じゃヨウ言うち行かんが」

「これこそ警察へ言うち行ちゃったらエエやないか？」

「行たぜぇ。それ、一一〇番してよぉ、警察ん来た時にゃもう、おらんやんかあ？　いつまでも十分も二十分もションベンヒリ倒しよる奴ん、どこにおりゃえなえ（どこにもいないだろう）」

「それで？　野郎はなんモンなんぞな？」

「ああ、アレはの、アソコよ。鷹越《たかごし》のの、なんか、土木コンサルタントか知らんいう会社へ行きよるらしわえ」

「アレ？　そこ、アレやない？　エーつとぉ」

「ポールニュー・サーベイエンジニアリングビルド」

「あ！　そ！　それそれ！　あ、なんか『スティング』みたいな名前よお思いよったんよお」

「ポール・ニューマン」

「そ！　それ」

「俺、ロバート・レッドフォードがエエ」

「え、そうなん？」

「俺はポール・ニューマンがエエ」

「渋や」

「俺、渋い人がカッコエエ」

「わかる」

「ええっ？　ポール行きよん？」

「みたいなぜ」

「ねえ、話んエライ反れたぜ」

「なんやった？」

「入乃端さんのケンカ相手」

「あ、そうよ」

「でぇ、そのションベンひり被《かず》き倒しよるケンカ相手のポールんドガイしたが？」

「ぶ！」

「アイツん先《さあき》に入乃端さんへケンカ吹っかけたらしぜ」

「マジ。で、ポールの馬鹿は、なんか合気道か柔道かしらんをガッコ（学校）時分に習いよったらしけん。ガッコ出ちからも酔っぱろうちゃあ、アッチやコッチやでケンカ三昧やったらしけんねや。まあ場数踏んだらどうにかなったあいう奴よ」

「やけんど、入乃端さんもガイなろ？」

「いや、ここだきの話《はな》っそ」

「？」

「弱い」

「え？」

「ハッキシ言うて、弱い」

「よ」

「マジい？」

「マジ」

「なんか、見かけん凄《すげ》えやんかぁ？　柄《から》もデケエ言うか、背も高《たけ》えんどや、デブやしぃ。

迫力も満点やし、物凄え態度も偉そうなし、目付きも悪《わり》いしい、デカ面《ヅラ》やしい、首なしやしい」

「ぶは！」

「わはあ！　やろ？　やけんど、ケンカはカラッキシ弱《よえ》えがと」

「誰から聞いたん？　それ」

「え？　原曽野《はらその》さん」

「これも十環成やん」

「そう」

「え？　そうなん？」

「そうなんよ」

「え？　何？　原曽野さんと入乃端さん、仲エエんやないがか？　だって保育園か幼稚園やったか、とにかくそん時からずうっと一緒の学校やったがやろ？　高校も一緒やったらしやねえか？　仲よしグループも同《おんな》じやったたぁいう話やっつろ？　何《なにん》あったん？」

「え？　いや、仲はエエよ。エエけんど、いつやったか知らん、前《まあえ》に教えちもろうた」

「え？　そうなん。じゃあ、何？　二人で飲みにでも行っとって、行た先でポールに出くわしたが？」

「ん、まあ、ソゲなトコよ。なんかの、高校ん時の仲よしグループで久し振りに飲もうやあ言うちの。皆で行っとったらしわえ。そしたらの、ポールの馬鹿ヤンと睨み合いみたいんなっちもうちの。まあそこでの、入乃端さんが凄むのはマジ凄かったらしけんどの。向こうもエライ大酔いやったらしけんねや。向こうも酔うた勢いでの。ビビるドコや、かえって油に火ぃ付けたみたいんなっちの。そんでイザ、入乃端さんとポールん引っ掴み合いんなった時にの、入乃端さんがポールに、もう手ものう簡単にコテンパンにやられたと」

「……マジ？」

「マジ」

「やけんど、やけんどよ。じゃあ、なんで入乃端さんも警察へ引っ張られたん？」

「ああ、なんかボロクソにヤラレタんはヤラレタらしいんやけんどの。入乃端さんもの、ヤケクソんなっち、暴れよったら相手にマグレでゴン！」

「当たったん？」

「当たったんと」

「え！」

「で、相手もオデコに大けなたんこぶか知らん、拵えちぃ」

「ぶわははは！」

「原曽野さんはドガイしたん？」

「あ？　ああ、なんか他の人らと一生懸命《しょめ》んなって、二人《ふたあり》を引き離したらしぜ」

「で？　ドガイなったん？」

「あ？　うん、そんぢ、二人とも警察へ引っ張られち行て。なんか、ドッチも怪我しちょるけん、病院へも連れち行ちもろうたらしけんどねや。そんでぇ、蒲座にも知れるやんかあ」

「うん」

「なんかよ、蒲座ん社長がクビじゃあ言うたらしぜ」

「ええっ？　なんでえ？」

「だって、だってよぉ。蒲座んトコの息子もエライ乱暴者じゃあいう話やんかあ？」

「そうよ。そんでの。ただでさや、ウチには血の気ん多い息子んおるけん。これ以上、血の気ん多い他人様を雇いよっち、また、なんぞあったら困るけん。会社の傷んなるけん、いらんん、辞めよぉ、言われたがと」

「げえええっ！」

「なんぞ！　それえ！」

「なんかマジ腹ん立っち来たやあ！」

「そうよなえ！　何それ！　俺、絶対に、蒲座だきへは間違うちも働きに行かんぞ！」

「俺やったち嫌ぞよお！　俺、更正したら絶対に十環成で働きたい！」

「あ！　俺も。なんか、アレ、アレやろ？　いろいろあって、なかなか職ん決まらん人を、十環成は積極的に入れちくれよるがじゃろ？」

「みたいなねや」

「ああ、わかった！　そんぢ、入乃端さんもソゲなことで十環成へ入れちもらえたんやろか？」

「そうと」

「そうやったんかぁ」

「アソコ、十環成へ入るに、誰ぞの紹介とかいるん？」

「いらん」

「え？　いらんの？」

「いらん」

「やったあ！」

「よっしゃ！　最高！」

「もう！　アソコで絶対更正しょ！」

「何《なん》？　十環成へ入ったら、もうずっと死ぬまでアソコなんかねえ？」

「いや、真面目に働きよっての。自分の働きたい会社ん他に出来りゃ、十環成の秘書課やったかどっか知らんへ申請出来るがと。そんで、そのなんとか課言うんがいろいろ調べちくれて、自分も社内で適性検査とかして、それに合格したら、社長か専務から直々の紹介状がもらえるけん。それ持って行きたい会社へ入社試験に行けるそうなぜ」

「うひゃあぁ！　マジ！　マジぃ？」

「マジ。やけんど、なかなか適性試験が難しいらしい」

「やろうなあ」

「でも、だいたい、受けた人は殆ど受かっとるらしいぜ」

「皆優秀なんやなあ！　羨ましい！」

「いや、皆、俺らとアタマ、殆ど変わらんらしいで」

「嘘！　マジ？」

「うん」

「やったあ！　俺らにも希望がある！」

「よかったあ！」

「なんかアソコ、兄弟でやりよるんやろ？　社長と専務？」

「そう。三人」

「え？　三人？　二人やないん？」

「三人。社長が長男、専務が次男で、常務が三男」

「え！」

「専務がメチャ切れ者ながと。で、三男は言われれんけんど、人形じゃあいう話よ」

「人形お？」

「人形と。まあ、そこにおるだけえいう話なんやないんか？」

「ふうん」

「それも入乃端さんから聞いたん？」

「いや」

「じゃあ原曽野さん？」

「それも違う。あ、この人知っとる？　浦上さん」

「！　あ！　え？　ええっ！　あ！　あの浦上さんんい？」

「嘘よぉ？　あの浦上さん、十環成におるん？」

「おる。おんさる」

「え！　そうやったん？　うわ！　カッコエエ！」

「カッコエエわえ」

「あの人マジ、カッコエエことない?」

「まじカッコエエ人よ」

「うわあ! 俺、あの人に憧れとったんちゃあ」

「皆憧れとるてや」

「ねやあ!」

「……ねえ、ドガイすりゃ?」

「あ?」

「そんでぇ、ここをドガイするかぁいう話」

「あ」

「お前、あ、じゃねえぞよ。それ早えトコよ、ドガイぞせんことにゃあ、十環成へも行けんし、浦上さんにもマッと会えんぞ」

「あ、そうよなえ!」

「そうでえ」

「……ドガイすら?」

「ううん……なんどヤラかすがかぁ、せずにトンズラするがかぁ」

「二《ふた》つに一《ひと》つ《お》う」

「ドゲすりゃ？　皆はどう思う？」

「ううん……正直言うて、やりとない（やりたくない）」

「俺も」

「もう、悪いことはたくさんぞ。やけんどぉ、タクシーの奴らにはヤラレとうない！」

「俺も同じじよ」

「じゃあ、ドガイする？」

「いっそ警察へ駆け込むかあ？」

「それもエエんやけんどぉ」

「何かあるん？」

「一つだけ考えちょることんある」

作戦変更

「何？」

「警察は最後の最後じゃ。それは俺らに、もう後《あと》んないようんなった時だけぞ。それまでは絶対に捕まるわけにゃイカン！　最後まで逃げるぞ。逃げらるトコまぢはトコトン逃げ切るぞ。エエか！　俺らん警察へ座りに行く時ゃ、それは俺らに死刑判決ん下った時ぞ！
　最後にまあ一遍だき言うぞ。俺は地獄の一丁目行きを選ぶ。お前らは好きなんを選べや。お前らの人生はお前らのモノやけんの。大丈夫じゃ。俺は絶対に裏切らんけん。お前らを安全なトコで降ろしちゃるけん。警察へ行くう言うがなら、こっから一番近い警察署くらいなら調べちょるけん、そこへ連れち行ちゃる。やけんど、俺の行く先だきは絶対に言わんようにしちくれよ。逃げる途中ぢ、俺と仲間割れでもしたあいうことにしとこうやの。どうぞ？　それでエエやろ？」

「……」

「ソガイなるかなぁ……やっぱ」

「……」

「それでいくぞ」

「わかった。そんなら俺も戸田と一緒に行く」

「……わかった。俺も皆に付いちいく」

「俺の車やけんの。俺こそよ、最後まぢ、セドリックと運命を共にさしちくれやの」

「……エエんか？　ホントに」

「クドイぜ」

「じゃあ、そんなら、阿奴《あやと》らをどこぞでぶち殺しちまうがやねや」

「お。やる」

「よっしゃ。ますます乗った」

「もうこうなったら、なんでも来いや。腹は据わった」

「ホントに大丈夫か?」

「大丈夫《だあいじょうぶ》よ。もう、俺、なんあったて怖いこたねえぜ」

「俺も」

「俺も」

「じゃ、皆。ここは引き上げるぞ！　車に乗れ！　後は俺に任せよ！」

「おう！」

富田、西園寺、伊達がセドリックへ戻る。戸田はもう一度、人家へ目をやった。


この家のどっかに小藤淵さんのウチがあるんやねや。じゃとしたら、小藤淵さんは俺らをどっからか見よんさるかも知れん。いや、間違いのう見よるはずじゃ。もし、もし見よんさるんやったら、なるなら、なることなら、俺らがここらへんを荒らさずにイぬる（立ち去る）トコをチャンと見届けちょっちもらいたい。見届けち欲しい。小藤淵さん！　どうか、どうか、今すぐこの俺と目を合わせっちゃんない。おんさるんやったら、頼んますけに、どうか、どうか！　頼む。目を合わせちくれ！

己の目に映る限りの家へ視線を留めていく。

（……）

戸田の視線をとらえた家人の中に、レッドに勤めていた時分の同僚である小藤淵と、レッドの営業で働く小藤淵がいる。

年上の小藤淵は、上分パーキングエリアを出てより、愛媛県の川之江ジャンクションを過ぎてトンネルを四つ潜った先にある、高松自動車道・豊浜サービスエリアへ入っていた。セドリックとタクシーは入らず通過している。小藤淵はエリア内公衆電話から、親子ほどの歳の開《あ》らきがある年下の小藤淵へかける。

「お前さあ、レッドの工場でさ、愛媛から来た戸田って奴知ってるか?」

「え? あ……ああ。言われてみれば、なんか昔、いたような気がする。それがどうしたの?」

「お前、アイツに直家のお墓のことでいらんこと喋らなかっただろうな?」

「え? ええ? 何それ?」

「あのさあ、お前。戸田がレッドで働いてた頃に、羽束って奴もいなかったか?」

「!」

「どうなんだよ？」

「……」

「答えろよ。答えねえってことは知ってるんだな？」

「……」

「答えろ！」

「ごめんなさい！」

「何イキナリ謝ってんだよ？　お前、その羽束って奴のこと、何か知ってるんだろ？」

「……」

「教えろ」

「……」

「早くしろ！　テメエの間抜けのせいで、墓がトンでもないことになりそうなんだからな！」

「え？　な、何？」

「答えろ！」

「お、俺、ご、ごめんなさい！　アイツ、殺しました！」

「な……何い！」

「あ、アイツ、マジで口が軽いんすよ。今、叔父さん（ここでは年上の親戚という意味）が言ってた戸田って奴と羽束とがメチャ意気投合しちまって。それだけならどうでもイイ話なんだけど、羽束の野郎が戸田に直家のお墓の話を喋りやがったんですう。でも、そこで俺が喋りをやめさせたら変に思われるかも知れないでしょう？　だからそこは黙って、俺は聞いてない振りしてるしか方法がなかったんですう。ご、ごめんなさい！　ごめんなさい。ホントにごめんなさい！」

「……お前さ、何に対して謝ってんだよ？」

「？」

「え？　お前さあ。謝るのはイイとしてよ、お前、その羽束をヤッちまったことに対して謝ってるのか？　それとも直家のお墓の話をやめさせられなかったことに対して謝ってるのか？　ん？　どっちだ？」

「……りょ、両方です」

「……おい」

「！」

「羽束の死体はどうした？」

「捨てました」

「どこへ！」

「羽束の家の近所の畑ですぅ」

「羽束はどこに住んでやがったんだ？」

「ひ、広島」

「？」

「ひ、広島です！　ひ、広島県！　ひ、東広島市！　こ！　河内町！　に、にゅ！　入野！　入野お！」

「……お前、ちょっと落ち着け。外へ駄々漏れだぞ」

「ご！」

「静まれよ！」

「ご、ごめんなさぁいぃ……」

「泣くなよ。泣くなら、最初からヤラかさなきゃ済んだ話だろ?」

「だぁ、だってぇ! だってぇ……」

「お前よ、言わずと知れた、証拠を残してねえだろうな!」

「残してません! これだけは絶対に自信持って言えます!」

「でも変だな。殺人事件ならテレビや新聞で騒がれるはずだろ?」

「……」

「……ああ、そうか。そういうことか」

「……」

「家族が警察に口止めしたんだな」

「……」

「お前、ホントにお前の言う畑へ捨てたのか?」

「捨てました!」

「じゃぁ、そうだ。家族が黙らせたんだ」

「……」

「いいか、よく聞け」

「……」

「聞いてるか！」

「は！　はいぃ！」

「イイか、俺の言うことをよく聞け！　今にそっちへ黒いセドリックが来ると思う。窓はシールド貼ってるから、何人乗ってるかわからないぞ。愛媛ナンバーだ。イイな、媛ナンで、窓にシールド貼ってる黒いセドリックが来たら絶対に目を離すな。それでヤツらが、直家のお墓へ入るのと同時に一一〇番しろ。わかったか！　テメエで取っ捕まえるのは勝手だが、流血沙汰だけは起こすなよ。相手に怪我をさせたら警察の目がコッチへ向くぞ。いいか！　偶然に目撃したと見せかけて、上手に捕まえろよ」

「わ！　わかりました！　巧いことやってみせます。絶対に暴力は振るいません」

「とちるなよ」

「！　はい」

受話器を戻した年上の小藤淵は、セドリックを追いかけるようにして高松自動車道へ出たが、途中、セドリックが鴻池サービスエリアへ入ったため、小藤淵の営業車が追い抜いている。年下の小藤淵は、レースカーテン越しに視界の利く限り、表の道路へ目を光らせはじめた。

戸田は、人家のすべての窓にレースカーテンがかかっているのを見ている。レースの内側は見えない。レースカーテンの内側を見ることが出来るのは、カーテンを開け放った時と、夜間、曇天や雨天など、外界の暗い時分に屋内の照明を点けた時だ。

「おい！　行こや！」

セドリックの助手席に座った伊達が声をかける。戸田は人家へ向けて無言で九十度上体を折り、お辞儀をした。振り返らず、セドリックの運転席へ戻る。

「行くぜ」

「おう！」

セドリックは元来た道を引き返さず、人家の裏山を四分の三周回りながら、　末佐池のある方角とは真反対の場所へ下りた。

「おぇ、阿奴《あやと》らドガイする気ぞ？」

セドリックを追いかけるタクシーの、後部座席に座る衣疋島が運転席側へ上体を乗り出した。

「さあなあ。どこへ行きなることやらよ。やけんどまあ、大将よ、落ち着きないや。阿奴らんどこへ向いち行こうが、儂らはどこまぢも引っ付き虫で退《の》きゃせんのやけんな」

「違いないわえ」

「そうやろ？」

タクシーも山を下りる。

レースカーテンの内側より戸田のお辞儀を見た年上の小藤淵は苦笑した。年下の小藤淵は失笑している。

駆け引き

セドリックは公道へ出た。鴨方インターチェンジへ引き返し、上がる。山陽自動車道へ入った。ボンネットは西へ向いている。

「目指すは広島か」

富田が呟いた。

「いや、アノ世かも知れんぜ」

伊達が返す。

「それはタクシーの奴らやろ?」

「俺らも下手すりゃ……」

「縁起でもねえ!」

西園寺がしかめ面。

「アノ世もアノ世よ。これぞ正真正銘〝地獄の一丁目〟よ」

戸田が冷笑の表情を浮かべた。それをルームミラー越しに見た後部座席の二人。

「！」

「もう！　やめろうやあ！　ソガイな縁起でもない」

「そうよ！　何がなんでも、俺らは生き延びんとイケン！」

「わかっとらえ」

「じゃあ変なこと言うなや」

「もう、またケンカん始まりそうな」

「……」

笠岡インターチェンジを通り過ごした。岡山県と広島県との境に篠坂パーキングエリアがある。四人はトイレ休憩に入っている。

トイレから出るなり富田が、

「俺、もうチビリそうやったけん」

西園寺は、

「あー、スッキリしたあ！　もうアノ池ん所《とっ》からズウウッと我慢しとったしぃ」

伊達も、

「さすがに俺もアッコは気色ん悪かったかいの。もう離れてホッとしたてや」

戸田は無表情。


セドリックが動き出す。運転するは戸田。助手席に伊達。後部座席に西園寺と富田。県境を越えた。福山東インターチェンジで降りる。国道百八十二号線へ出た。南下し、国道二号線に入る。途中、松永バイパスへと抜けた。尾道市へ入る。尾道バイパスへ出る。バイパスが終わり、国道二号線へ入った。海沿いを走り、三原市へ入る。

タクシーでは衣疋島が、

「おい！　奴らよ、阿奴《あやと》ら、イぬる気でおるぞよ。船ん乗っちイぬる気やねえか？」

背池、

「これはぁ、わからんぜえ」

「尾道を通り越したあいうことは、連絡橋【注1】は通らん気ぞ」

「水中翼船【注2】でイぬる気なんかも知れんな」

「ああ、水中翼船かあ」

「真《まこと》、水中翼船んいう手んあったえなえ！」

「ああ、やけんどよ」

「？　何《なん》な」

「考えちみりゃよ、水中翼船言うちよ、車載せれたかあ？」

「？　さあ、どがいやっつろかなあ？　俺、乗ったことねえけん、知らんかいなあ……」

「お前もか？　実は俺も知らんがちゃ」

「……」

「……」

「どうぞな？　一遍、阿奴《あやと》らの車の前へ回りこんぢよ、無理にでも停めさすかな？　そしたらどこへ向いち行くがか問い詰めちゃれらえな」

「……ヤルか？」

「ヤッちもエエぜ」

「出来るか？」

「まあ、ヤッちみるだけヤッちみらえ」

「大丈夫なんか？」

「大丈夫やろ。ドガイぞにゃならえ」

「……」

「死んだら、その時はその時よ」

「お前、恐《おと》ろしこと言うちくれなやあ」

「行くぜ。ように捕まっときないよ」

「！」

背池はセドリックとの車間を一遍に縮めた。ルームミラーとフェンダーミラーとで安全確認すると、急ハンドルを切ってセドリックに並んだ。そのままピタリ、セドリックの真隣を走る。

たまげたのは西園寺、

「おい！　タクシーがモロ横付けしち来やがったぞ！」

「危なや……なんなんぞ？」

富田が西園寺の上体越しにタクシーを睨み付ける。

タクシー後部座席に座る衣疋島と、セドリック後部座席に座る西園寺とが二台の車のガラス越しに隣り合わせた。衣疋島はニヤリとした表情を西園寺に向けると、己の指でまずセドリックを指し、次に左端路肩の前方を指差した。西園寺は、

「おいぃ。あのデケぇおっちゃんが何《なん》ど言いよるぞぉ」

「あぁ？」

富田がタクシーの後部座席を睨み付ける。セドリックの窓に貼ったシールドのせいで、衣疋島の目は西園寺や富田の姿を見ることが出来ない。タクシーの窓はもちろん透明であるから、西園寺や富田の目には衣疋島の姿が見えた。

衣疋島は同じ動作を二、三回繰り返す。

「馬鹿じゃん」

富田が嘲笑した。西園寺もつられて笑う。

「ナニサマの心算《つもり》ぞ」

「おお？　何《なん》なんぞ？」

伊達も上体を後部座席へ捻り出しながら衣疋島を睨み据え、馬鹿にした。

「アレよ、俺らに停まれぇいうち言いよるんでね？」

「そうやろ」

「何《なに》ん用ながぞ？」

「大方よぉ、我《わ》んタクシーがガス欠んなっち来たけん、そこらへんのガソリンスタンドへ入《はい》れぇ言うんやないんかぁ？」

「バッカかあ！」

「馬鹿あ！」

「誰ん停まっちゃるもんかいなぁ！」

「バッカでええ！」

「ヨッシャ！　見よれ！　まじガス欠金欠にしちゃるけん！」

「わはははは！」

「皆、シャン！と掴まっとれよお！」

「ぴ！」

「あ！　念のためシートベルトしとこうや」

「ええっ！　窮屈いでえ！」

「まだ死にとうないやろ？」

「！　当たり前やん！」

「じゃあ、しとけ」

「……わかったえ」

「行くぞっ！」

「ひやっほーい！」

「ひょおおっ！」

セドリックが急に速度を上げる。

タクシーは、

「野郎めが！　生意気に振り切ろうとしやがりよるで！」

「追い付け！」

「任せよや！」

スピードを上げる。セドリック、

「おい！　タクシー、追わえ付けち来たぞ！」

「大丈夫よ。コチトラこういう時のためにチューンアップしちょるがやけん。なん追い付くもんかいな！」

伊達が大笑いする。

二台のカーチェイスは最初の零点数秒で決まった。たちまちセドリックはタクシーを引き離した。

「おい、あんまし飛ばすなよ。これ、結構ガス食うんてや」

「エエっ？」

「チューンアップで馬力はメチャ出るんやけんどねや。そん代わり、ガス食うがも早い」

「嘘！　マジい？」

「マジ」

「早よ言えやあ」

「すまん。やけんどこれ、もともとは中山（中山サーキット場）へ出走さそう思て拵えた奴《やっ》ちゃけん、馬力はマジ凄えぞ！　たぶん、今レースへ持って行たて冗談抜きに優勝出来るぞ」

「嘘よ！　マジい？」

「嘘じゃないちや、マジよ」

「マジい？　スゲエ！　お前ヤルねやあ！」

「じゃ、早速今度持っち行こや！」

「やけんどこれ、オートマやろ？　レース出せるんはマニュアルやないと無理なんやないん？」

「あ、そうなん？」

「ソコは腕で乗り切るがよ」

「腕え？　腕で乗り切る言うたち」

「俺、お前らん知らんトコで一生懸命《いっしょけんめ》マジ練習しよったがぜ」

「ええっ？」

「また、どこでぞぉ？」

「え？　高茂《こうも》岬《みさき》【注3】らへん」

「えええっ！　マア、マジい？」

「マジかよお！」

「うん！　マジ」

「マジい？」

「たまげた！」

「たまげつろが？」

「たまげた」

「……あんねえ、頼むけん、先に今走りよる心配してくれんかあ？　冗談やないでえ」

「あ、済まん済まん！」

「わはははは！」

「どがいぞせんと悪也《わや》（どうにもならない）ぞよぉ」

「悪也よ。悪也なんやけんど、やけんど、またどっかでガス入れたらエエわえ」

「それにはまず阿奴《あやと》らをドッチにしたて引き離さんとイケン」

「今くらいの速度なら大丈夫よ。そんまま行けや」

「オーケー」

　セドリックの速度計は法定速度を大幅に超過している。

　一般道路である以上、信号機は当たり前にある。セドリックが走り抜ける際、青信号、あるいは青から黄に変わる瞬間のタイミングは、セドリックに乗る四人の悪運が強かったからか？　警察車両の目に留まらなかったのも、広島県内を縄張りとする暴走族やその筋の者と出くわさなかったのも、彼らの悪運の強さであろうか？

　タクシーは全部の信号機に引っかかった。

「野郎！」

　背池が悪態をつく。

　セドリックの四人は車の中でハシャギ倒している。

「おい、このまま馬鹿タクを振り切るか？　それとも引き付けちよ、地獄の一丁目まぢ誘き寄せてぶち咬ますか？」

「ぶっ！　馬鹿タクぅ」

「おう、笑いよるがもエエけんどよ。これ決めるがん先ぞ」

「確かに」

「俺はぶっ殺したい」

「俺も」

「俺も賛成」

「じゃあ誘《おび》き寄《よ》せ作戦で行くかな。そんなら、まあちょっとユックシ走っちゃらんとの」

「おいぃ、コッチのガソリンは大丈夫なんかあ？」

「わちゃーっ！　じゃあしようんない。奴らに見つかる前にガス探そうや！」

「奴らにつかまる前にガスん入れられますように！」

「お前、誰にお祈りしよるがぞ？」

「お祈り！」

「お祈り！」

「わはははは！」

「もう誰にでもエエやんかあ。願い叶えてくれるんやったら閻魔君《えんまくん》じゃろうが、デーモンじゃろうが」

「何それ！」

「閻魔君？　お前、よう今ソゲな古い漫画思い付いたねやあ！」

「え？　なんか知らんけんど思い出した」

「閻魔君はエエけんど、出た！　デーモン！」

「デーモンが迷惑すりゃせんか？」

「本物の悪魔やったら大歓迎なんやないんか？」

「どう見たて人間やろ」

「じゃあ正真正銘、本物のデーモンに」

「エクソシストか！　気持ち悪や、嫌ぞよ！」

「俺、エクソシスト大嫌い」

「あ、ヤッパしぃ？　あれマジ怖いし気色悪いよねえ」

今、四人は、閻魔君が閻魔大王の息子であるという設定を忘れている。さらに、閻魔様が悪魔ではなく、れっきとしたいい神様であり、仏様でもあること、あの世の警察庁長官であり、裁判官（裁判長）であることを知りもしない。

セドリックは国道二号線から外れた。県道五十五号線へ入る。ガソリンスタンドを見つけて給油した。三原市市街地を抜け、県道二十五号線へ出る。

タクシーの衣疋島は苛立っている。

「おいぃ、ガキらはどこ行たがぞ？　もう完全に振り切られちしもたやないか」

「しようんねえわえ。ありゃ害に弄《いろ》うとんなる（不法改造している）もん。とても公道を走るようにゃしとらんぞよ」

「見失《みうしの》うちもうつろが？」

「いや、あんだき害にぶっ飛ばしなったあいうことは、案外ここらへんに用んあるがやも知れん」

「ホントかあぁ？」

「の、可能性もあるういうことよ。まあ、試しに市内へ入っちみらえ」

「おいぃ、クドイ様《よう》じゃん、本当《ホント》に四国へ入《い》んだんやあらせんやろぜのぉ？」

「それは絶対あらせんてやあ。だいたいここぢな、なぁんぼ儂ら振り切ったちよ、船の時間いうモンがあろんな？　阿奴《あやと》らん、そこまぢ計算しちょるとはトテモじゃねえが、そうは思えんぞよ。たとえ今から尾道まぢ引っ返しちよ、そっから橋なり船なり使《つこ》うちよ。逃げたところで、どこぞの島では必ず儂らん追い付くぜ。ソガイ、阿奴らに都合のエエようにゃ、船の便はそうギョウサンは出よらせんけんな。だいたい、奴らん今さらよ、四国へイねるモンかいなあ。アッチじゃもうエエ加減、警察ん探しよんなるはずじゃけんなあ」

「……ジャアよ、まし、まし九州へ向いち行とったら？」

「それこそ絶対にないちや。まあいずれ（仮に）行たトコロぢ、もう阿奴らの命はあらせなや（ない）」

「！　なせ？」

「九州にゃ恐《おと》ろしい親分がおんなはるけんな。それの子分らにじき目ぇ付けられっちもうちの、悪也《わや》（リンチ殺人・弄り殺し）んなるだきのことよ」

「なんぢわかるんぞ?」

「まあ考えちみないやぁ。阿奴《あやと》ら、媛ナン付けとろんな? 一発で余所者ぉいうちバレるやないかな。ついでに車の窓にゃ黒いモノも貼っとろんな? 車体もカリカリに弄《いら》い倒しとるしな。あれじゃあ、真っ裸で敵陣へ宣戦布告しち飛び込んぢ行くようなものよ。特攻隊ん聞いて笑わえ」

「……ああ、なるほど」

「トニカクちょっとここらへんを流すけん。ガソリンも入れんとイケンし」

背池はタクシーを市街地へ入れた。

セドリックの四人はガソリン代を踏み倒してはいない。四人は割り勘にしてガソリン代を払っている。

「さあて、と。油(ガソリン)は巧いよう入った。後は、奴らがドッチ向いち行たかぁいうことよねやぁ」

「もしかしたら真あっすぐ九州の方へ向いち行たかも知れんぜ」

「もう、ソガイなったら知らん。どうでもエエわい。まあ、日ん暮れるまでにゃ地獄の一丁目へ着くようにしょうや。それまでに奴らを見つけれなんだら、そのまま一丁目から近な警察署探しち飛び込むぞ」

「お前ぇ、飛び込むぅ言うたて、突っ込むなよ」

「馬鹿！　言葉のアヤよ！　アヤ！」

「わはははは！」

「マジ突っ込んだら、これこそ捕まらや」

「やけんど、捕まり方ん違うぜ」

「ほんでえ、突っ込まれんん言うがよ」

「わはははは！」

「当たり前ぞよぉ」

「人殺さんたて、一発で捕まえちもらえらえ」

「真《まこと》よ」

「……」

「そうやの。人殺しの一つも出来んようじゃあ、犯罪者としちゃ、事んならなえなえ。もう、ここはおとなしゅうに捕まっち、刑期終えたら、雁首揃えち十環成の門を叩かしちもらおうわえの」

「わはは！　雁首」

「そうよ、雁首よ、雁首」

「もうそれしか生きる道はないもんねぇ」

「ねぇ」

「じゃあ、折り返しますか」


戸田は広い路肩を見つけて、そこでセドリックをターンさせた。県道二十五号線を南下し、三原市街地へ戻る。国道二号線に入った。豊田郡本郷町へ入る。県道三十三号線に折れた。山陽本線が並行して敷かれている。沼田川も三十三号線へ並行しながら流れる。山陽本線も三十三号線も、沼田川の流れに合わせて敷設されたのかも知れない。四人は架線も河川も意識していない。賀茂郡河内町へ入った。山陽本線は三十三号線からピッタリ引っ付いて離れない。

セドリックは国道四百三十二号線へ入った。時計とは逆回りに走る。東部地区、下郷地区を通り抜けた。

〝通り抜ける〟と静かな表現にしたのは、戸田は法定速度を守ってセドリックを運転しているからだ。なぜ静かに走ろうと思ったのか？

四百三十二号線に巻食《まく》い付くようにして山陽本線は続き、山陽本線にも四百三十二号線にも纏わり付くようにして入野川が流れている。そう、河川の名称はどこの辺りからか、沼田川から入野川に変わった。四人はそのことに気が付いていない様子だ。

神田へ差しかかった。国道と山陽本線と入野川が会する地点だ。ここを国道から左へ折れてすぐのところに「産湯川神社《うぶすながわじんじゃ》」【注4】が立つ。神社といっても祠の規模だろう。公道路肩へ車を停めて山陽本線高架を潜り、入野川に沿って農道を歩くと、神社へ向かって左半分を田畑に、右半分を小藪に囲まれてソレの立つのが見えてくる。ここで「小野《おの》 篁《のたかむら》」は生まれたらしい。社殿脇には、彼の産湯用に使ったという池の跡があるが、完全に土に埋もれており、草も生えている。地面が周囲の高さより少々ボコボコと凹んでいるので、そこの分が池であったのであろう。

戸田の手がハンドルを左へ切る。山陽本線高架下にある狭い路肩へセドリックを方向転換して停めた。

「おい！　地獄の一丁目え言うて、コガイなトコかあ？」

「なんか、広いし明るいしぃ、静かな（のどかな）しい、平和なしい。どう見たて極楽やん？」

「……」

「おい！」

バタン！

「おいい！」

「なせぞ？」

「オカシ害な奴《やっ》ちゃねやぁ、どこ行くがぞ？　阿奴《あやと》は」

戸田は三人の誰にもモノを言わず、運転席を降りた。

「おい！　おいい！」

伊達が助手席ドアを開け、嗚螺《おら》ぶ（大声出して呼ぶ）。戸田は山陽本線高架下を抜け、農道を歩き出していた。

「お前ら！　俺はアイツを追わえ付けるけん、ここで待っとってくれ。そんぢ、まし万が一、野郎らに見つかっちもうたら、俺らに構わずどこぢもエエけん逃げ回りよれ！　俺らはここらへんに巧いこと隠れとくけん。そうやの、外ん完全に暗《くろ》うなったら、ここへ戻《も》んち来てくれやの。エイ？　頼まえ」

「エエっ！　マジい？」

「わかった！　じゃ、俺ん運転する！」

富田が後部座席を降り、運転席へ入る。

「じゃ、俺はナビゲーターかぁ」

西園寺も外へ出ると、助手席のドアを開けた。

「気をつけち行けよ」

「おう」

「頼むけん、無事でおっちくれよ！」

「お前らこそな」

伊達は戸田を追いかけて走り出した。戸田は後ろを振り返らない。真っすぐにズンズン歩いていく。大きなお墓が目前に迫る。個人のお墓だ。隣に産湯川神社が立つ。彼はお墓にも神社にも注意を払わない。チラリとも見ない。農道をドンドン進む。

「アイツ、一遍、前にもここへ来たことあるんやないんか？」

伊達は独り言を言い言い、追いかけるが、

「何これ？　阿奴《あやと》、今日に限っち足ん速《はえ》えこたねえか？　なんなんぞお、もう！」

文句を言い出す。声も大きくなるが、戸田は聞こえていないのか、聞こえない振りをしているのか、チョコとも振り向きもせず、立ち止まりもしない。農道は、大きなお墓を過ぎて少し進むと九十度左側へ大きく湾曲する。湾曲してすぐ、進行方向に対して九十度右へ折れる。戸田は二つ目の角を曲がり、さらに進む。

「ヒヤアーッ、ああシンドやのう！　もう！　お前、まチイとユックリ歩けやのお」

伊達が追い付いた。息が上がっている。

戸田は伊達に謝ることをせず、言いわけをしもせず真っすぐに前を向いて歩く。

（もう！）

伊達は戸田に話しかけるのをやめた。黙って彼の後ろを付いて歩く。

（！）

ドキッ！　としたのは伊達。

「お！　お前え！　マジここ、地獄の一丁目やんかあ！」

叫んだ場所は、お墓、共同墓地である。戸田はたまげたふうを見せず、スタスタ進む。

（おいい！　アイツ、なんド〈得体の知れぬモノ〉に引っ張られよらせんかあ？）

伊達は全身に冷豆《ひやまめ》を拵《こしら》えたが、（やけん、言うて今さら小奴《こやと》を捨《し》てていくわけにはいかんしい、もう！）と肝を据えた。

【注1】

尾道《おのみち》（広島）・今治《いまばり》（愛媛）ルートの本州四国連絡橋（西瀬戸自動車道、しまなみ海道）。当時は全面開通していなかったので、開通済みの橋伝いに渡れる島まで進み、終点の島から出る連絡船に乗って四国側へ渡る。

【注2】

当時、三原《みはら》（広島）・今治（愛媛）ルートの水中翼船があった。テレビの宣伝を思い出してみると片道三十分で着いたらしい。

【注3】

愛媛県西海町《にしうみちょう》にある。愛媛県最南端の岬。県道三十四号線最西端と県道三百号線最西端との繋ぎ目にある。灯台は白亜色の小振りな造りで可愛らしい。太平洋に面しているので崖下に打ち付ける波は高く荒い。太平洋戦争中は、日本軍の基地があった。

【注4】

所在地は広島県東広島市河内町入野。

再　会

　戸田に付いていく。

「！」

　今度は戸田がドキッ！　となる。どうやら我に返った様子だ。

「はづか……！　羽束《はづか》あ？」

　戸田の眼前には、先ほど、なんとも思わないで通り過ぎた大きなお墓と同じ規模のお墓・石塔が立つ。掘ってある名前が「羽束」。

「え？　え？　何い？」

　伊達は戸田が正気に戻ったと安心したが、未だ互いの会話が合わないことに苛立っている。

「……」

　戸田は伊達の苛立ちを無視しているのか？　気が付かないのか？

石塔の脇に据えてある石板の前にしゃがんだ。石板には鬼籍者の名前と年齢と日付が彫られている。

(孝昭《たかあき》!)

一番新しく掘られている箇所には、戸田の友達の名前と年齢、死亡年月日が彫られていた。

「た・か・あ・き」

「え?」

「たかあきぃ……」

「え? 何?」

伊達も石板をのぞく。

「あれ? これ、この人ぉ……今生きとったら俺らと同い年なんやないん?」

(どういうことぞ? 阿奴《あやと》、死んだんか? でも、なんで? なんで死なんとイケンかったんぞ? 俺が愛媛へ入《い》ぬる日にはアンダキ(あれだけ)元気やったがに。どこん悪かったんぞ? まさか癌? クソ! コガイなことんなるがやったらチャンと電話とかしとっちゃるがじゃったに！　そしたらお見舞《んま》いにも行ちゃったし、看病とかもしちゃったがに！　何！　なん、なんでえ、なんでぞお！　なんなんぞお一体！）

戸田の両眼から一挙に大粒の涙が大量に溢れて流れ出した。

その様を見てたまげたのは伊達。

「お！　お前ぇ！　お前、ど、ドガイしたがぞ？　お？　あ！　もしかして友達ぃ？　ねえ、この人お前の友達やったが？」

戸田は伊達の問いに答えようとしたのか、エグッエグッとしゃくり上げながら頷いた。

（……）

伊達は戸田の肩に手を置く。戸田は声を殺して泣き続け、伊達は戸田の肩に手を置いてうつむいたまま。実際に経った時間は数分もなかったかも知れない。だが、二人にとり、何日も経ったように感じられていた。

「ちょっとあなた達、もしかして孝昭のお友達ですか？」

「！」

「わ！」

声を上げたのは伊達だった。二人の後ろに立ち、声をかけたのは？

二人は慌てて振り向いた。彼らの目に映ったのは農作業着を着《き》いた年配の女性である。

（……もしかして、羽束孝昭君のお祖母さんですか？）

戸田の目は彼女に問いかけていた。声にも出して言おうとしているが、

（ありゃ！　喉ん、ドガイにかなっちしもたぞ）

口だけパクパク開いた。

「私は孝昭のお祖母ちゃんなんですよ。あなた方は、今日はドチラからお越しくださったの？」

「あ！　あ、あの、かぁ、彼、戸田、戸田一昭《かずあき》君ん言うんですがぁ。彼、彼がその、た、孝昭君でいらっしゃいますか？　の友達やったそうなんです。あ、僕、僕は戸田君の友達でして、今日は付き合いで来ました。あ、僕らはエヒ、愛媛から来ました。お、おじゃま

していますｌ」

伊達は、戸田の様子が大分こんがらかっているのに気が付き、気を利かせた。伊達の舌もこんがらかっている。

「んまあ！　そうだったんですかぁ？　まあまあそれはそれは、わざわざ愛媛から？　まあ、それはようこそ、ようこそ。遠かったでしょう？」

「あ、はい！　あ！　いいえ！　全然大丈夫です」

戸田である。どうやら頭が整理されてきたらしい。

「あ、あのぉ！　は、はじめまして。僕、戸田一昭と申します。羽束孝昭君とはレッド＆ネイビー・レオズの工場で一緒に働かせてもらいよりました。羽束君はホントに真面目なイイ奴、あ、イイ子？　あ、はい、イイ子で、それで性格もとてもよくて、僕らみたいな、よそから来たノの面倒見もとてもよくて、ナンと親切にしてくれてました。もう、仏様ぁ言うか、神様みたいにエエ子でした。ホントに。やけんど、僕は不真面目で、あ、僕、学校時分はヨイヨ不真面目なモンで、学校入ってすぐ暴走族に入ってしもうて。ん、はい、学校もツマランなっち辞めちもうちなぁ……ん、そいでもってレッドへ就職したんですぅ。

でも俺、俺、チイとも辛抱がないモンやけん、じき大儀んなって辞めてしもうたんです。そん時も羽束君が我んことみたいんなって、一生懸命相談に乗ってくれました。仕事も続けるように言うて何遍説得してくれたやらわかりゃしません。でも、俺、やっぱし辞めっちもうて……。俺が愛媛へイぬる日は宇野んトコ（宇野港）まで見送りに来てくれました。なんか、エライ泣いて、泣いてくれて……俺、『大袈裟や。大丈夫よ。俺、また寮へ電話するけんなぁ。元気でおれよ。無理はすなよ。ホントにありがとう。また会おうや。俺、次の仕事ん見つかったら、報告がてら遊びに行くけん。お前もいつぢもエエけん、ウチへも泊まりに来いよぉ。のぉ？』言うて別れたんですう……」

戸田の目から、いったんは止まった涙が再び溢れ出した。

（……ソゲなことんあったがかぁ）

伊達はもう一度戸田の肩へ手を置いた。

「まあ、そうだったんですか？　それはそれは……まあ、でも、よく来てくださいましたね。あの、孝昭が死んだことはどうやってお知りになったの？」

「え？　あ、その……すいません。実はここへは、あの、信じちゃもらえんやろうけんどん、なんか気んなって……ここ通りかかったら、なんか」

「俺ん言わや」

　伊達が戸田の言葉を遮った。

「すんません。先走っち言うちまうんですけんどん、彼、ここへ来た時《とつ》から急にオカシなってしもうたんです。あ、今は元に戻ってますけんどな。マジ、ホント、さっきは、あの、アソコの道端んトコで車を降りちから、なんどに引っ張られるようにしち、ここまで来たんですよぉ。俺、後ろからヤアッパ（ずっと）追わえ付けてきて、声も何遍かけたやら知れんのやけんどん、コイツ、チイとも俺の声に反応せんかって、マジ気色ん悪うてイケませなんだんですよぉ」

「え？　俺、そがい変なかった？」

「変！　変てや！　絶対に変やった！」

「ええっ!?　マジい？」

「マジ！」

「……ああ、そう言うことだったのね」

「え?」

「私ね、あなた方がここへ歩いて来られるのを、先ほどから見てたんですよ」

「え?　あ、そうやったんですか?」

「ええ。私ね、そこの畑で草むしりしてたのよ。そしたらあなた(戸田)がね、真っすぐ脇目も振らずにお墓の方へ歩いて行かれるのが見えたのよ。それであなた(伊達)がお隣のお友達を、何か話しかけながら追いかけて行かれるのも見ていたんですよ」

「え?　あ、あの、チイとも気付きませんで、ホントにすいませんでした」

「ああ、それはイイのよ。だってそういう事情があったんですものねえ?」

「あ、はいぃ」

「ねえ、しようがないわよね」

「は、はぃ」

「ねえ、あなた、もしかしたら孝昭はあなたを呼んだのかも知れないわね」

「!」

　戸田の涙は治まってきている。

「あぁ、ね、誤解しないでね。孝昭があなたがここへ来たことを知って、『俺はここにいるよ』って教えたのかも知れないわね」

「……かも、知れん、ませんね」

「きっとそうよ。あなたに会いたかったのよ。きっと。それで来てくれたから本当に嬉しかったのよ。だから、家の方じゃなくてここへ呼んだのよ」

「……」

　戸田の涙が溢れ出す。

（あーあー、もう！　コイツ、コゲに泣き味噌やったんか？　でも、正直羨ましい気んする。俺、今死んだらコゲに泣いちくれる友達んおるやろか？　俺も、誰ぞん死んだらコゲに泣きとなる友達んおるやろうか……今んトコおらん気んする）

　伊達の心内《こころうち》が沈み出した。

（イケン！　こんままじゃと俺まで暗うなっちしまう！）

「あ！　あの！」

伊達だった。

「あの、すいません！　あ、あの、その、た、孝昭君は、どうして亡くなんさったんですか？　も、もしかして、が、癌とか？」

「……ご存知ないのね？」

「？」

「……あのね、新聞には載せないように警察にお願いしたの。ほら、テレビとか来たら広まっちゃうでしょう？　世間体を考えたの。でもねぇ、やっぱり広まるのよぉ、人の口に戸は立てられないものね」

「？」

「……孝昭はね……ころ、殺されたの」

「！」

「えええええっ！」

「ま、マジすかあ？」

「……」

「あ！　す、すいません。デカイ声出しちもうた」

「……いいのよ。そりゃ誰でもびっくりするわよ」

「あ、あの、どこ、どこで？　どこでですか？　いつ？　いつやったんですか？」

「……たぶん、あなたのことね。寮から電話があったのよ、孝昭から私にね」

「？」

「ね、『ばあちゃん、今日な、愛媛の友達がレッド辞めて帰ってしもうたんよぉ。ほでのぉ、俺な、友達を宇野まで見送りに行って来たんよぉ。俺、泣いてしもうたがね』言ってねぇ」

「……おい」

「俺の、俺のことです、よね」

「その翌日よ。朝ね。ウチの、孝昭のお兄ちゃんが犬の散歩させるのに、近所に出て見つけたの。ウチの畑だったからまだよかった。これがよそ様の家の畑だったら……」

「！」

「……」

「……お兄ちゃんの話だとね。犬がね、畑へ向かって物凄い勢いで吠え出してね。お兄ちゃんの手ぇ振り切って鎖引きずって走っていったの。お兄ちゃんが一生懸命追いかけたら、犬がウチの畑へ飛び込んで……」

「ば、ばあちゃん！」

戸田は孝昭の祖母の前へ駆け寄り、抱き付いた。戸田の涙が止まらない。孝昭の祖母も、孝昭の背中へ手をやり、彼の背中をポンポンと軽く叩いた。

「あ、あの……孝昭君は？」

伊達である。

「……た、たか、孝昭はね……く、クビ、首の後ろ、ちょうど、こ、ここ」

孝昭の祖母は自身の後ろ首を、人差し指で指した。

「ここをね、何か、尖った物で……」

「け、警察は尖《とんが》った物の種類を、尖った物んドガイなモンかあいうの、教えちくれなんだんですか？」

伊達は、彼自身も驚くくらい冷静だった。

「それがね、警察も突き止められなかったみたいなのよ」

「ええっ？」

「何か、先の鋭い物とまではわかってるんだけど、それが何《なん》なのかまでは見つけられなかったみたいよ。いろいろ調べたらしいけどね、ナイフの種類もたくさんあるらしいわね」

「あ、あ、はい！　あり、あります、ね。はい。ぁすみません。僕らもナイフ好きなんで、ごめんなさい。あ、あの、僕、僕らも、ナイフ持っとります。すいません！」

「いいのよ。男の子だものね。そういう物が好きなのはわかる。持ちたいのもわかる。持つだけなら構わないのよ。肝腎なことはね、それを悪いことに使わないことなのよ。ん、そう、そうなのよ。警察もね。いろいろとナイフの種類や、刀……日本刀も調べたみたいなのね。後は包丁とかね。鋏も調べたそうなのよ。鎌、ね、草刈りに使うでしょ？　その鎌とかね。トラクターや耕運機の刃まで調べたらしいわよ。後はぁ、選定鋏も調べたって。トニカクね、刃物という刃物は、思いつく物全部調べたらしいのよ。でも、どれも当てはまらなくてねぇ。たぶん、世間に出回っていないような物凄く珍しい物とか、特注品か、今まで調べた刃物以外の物か。あのねぇ、特注品もね、ちゃんと届け出ている店と、なんかね、まあ、ほら、暴力団みたいな悪いことをする集団の注文を引き受けている、違法なことに手を貸してる店があるらしくてね。そのあたりも一応全部調べたらしいの。でも見つからなくてね。結局ね。今に至るまでわかっていないの」

「……」

「そんなぁ」

戸田と伊達は、愛媛で小学生や中学生にナイフをつき付けたことを思い出している。

（羽束は、羽束は俺らん何をしよるか、天から見よったんじゃ。全部見よったんじゃ。そんぢ、俺らをここへ引っ張っち来ち、俺らに悪いことをやめらすようにしてくれたんじゃ）

戸田の目から涙が怒涛のように流れ出す。

（お、俺！　帰らんかったらよかった！　帰りさやせにゃ、羽束を守れたかも知れんに。この大馬鹿助があっ！　何《なん》ぢ！　何ぢ！　何ぢ俺イんぢしもたんやろ。俺んイぬるう言いさやせにゃ、羽束は殺されずにすんだやも知れんのに。助かったやも知れんのに。わあ！

どがいしょうっ！　なんぼ謝ったち謝り切れん。謝り切れんがああっ！）

「ねえ、あなた、お願いだから、悲しんでくれるのはありがたいけれど、もし、もし、自分を責めているのなら、それはダメよ。ね、自分を責めちゃ絶対にダメ！　もしかして、あなた、あなたが愛媛へ帰らなかったら、あなたも巻き込まれていたかも知れないのよ。イイ？　よく聞いて。あなたも孝昭と一緒に殺されていたかも知れないのよ。もしそうだったら、どう？　あなたの親御さんはどうするかしら？　どう思われるかしら？　ね、だから、だからお願い。絶対に自分を責めちゃダメ！　責めないで絶対に！　孝昭が殺されたことの原因が、今までずっと一緒に仲よくしてくれていたあなたの身に覚えがないのだったら、これはもう、孝昭だけが知る何かが原因だったのよ。もしかしたら、あなたはそれを知らないで来たからこそ、来たからこそよ！　あなた、今までこうやって無事に生きていられたんじゃないの？　そうでしょ？　ね、そうでしょう？」

　孝昭の祖母の問いかけに、戸田はしゃくり上げながら、うん！　うん！　と強く頷いた。

「ね？　わかってくれるのね。ね？　あなたはお利口ね。だったら大丈夫、大丈夫よ！　これからも大丈夫よ。だって私達家族、私も孝昭の両親も、孝昭の兄も、その家族も皆、あなたと同じで今までこうやって無事に生きているのよ。ということは孝昭を殺した犯人は、私達やあなたがなんの関係もないことを知っている証拠なのよ。犯人は、孝昭の秘密を、私達家族や仲のいいお友達のあなたがまったく知らないっていうことを確信しているのよ。ね？　だから、だからシッカリしなさい。しっかりなさいね！　お願いだから。私ね。あなた方が来てくれたことを本当に嬉しく思うし、あなた方のようなイイお友達を持ったと孝昭のことを誇りにも思ってるの。だって、だってね、こんなに孝昭のことを思って泣いてくれるお友達なんて。お葬式の時もね、法事の時もね。ここまで人目憚らずに泣いてくれるお友達はいなかったのよ。あなた、あなただけなのよ。孝昭は今度は『あなた達の力になりたい！』って思っているからこそ、あなたをわざわざこんなところへ呼んだんじゃないかしら？　ねえ？　あなた達？　何か悩みでもあるんじゃないの？　困ったことでもあるんじゃないの？　もしかして、もしかしてあなた達も孝昭のように何か恐ろしいことに巻き込まれているんじゃないの？」

「！」

「……」

「……どうやらそのお願だと、当たっているようね。ね、お願い！　孝昭の死を無駄にしないで。孝昭が殺された事実を見過ごさないで。他人事に考えちゃダメ。絶対にダメ！　孝昭は何が原因で死んだか、それは私達家族にはわからない。でも、でもね、あなた達には何か少しでも思い当たる節があるのなら、ね？　お願い！　お願いよ。ハッキリ言うわ！　これはあなた達のために孝昭が命に代えて、私に言わせたと思ってちょうだい。お願い！　今すぐ警察へ、今すぐ警察へ行ってちょうだい。そして警察に全部、全部洗いざらい、包み隠さず全部喋ってちょうだい。お願いだから嘘はつかないで。全部本当のことを喋ってちょうだい。そして、そこで警察の指示に従って。もし、もしあなた達のことで何かあるのなら、私があなた達の親御さんの代わりになって、あなた達のことを引き受けるから。私が面倒見てあげるから。もし、もし、孝昭が生きていたとしても、人に命を狙われるようなことをしていたのだとしたら、もしかしたらアノ子も法に触れるようなことをしていた可能性もあるでしょう？　あなた達が捕まっていなくても、孝昭は捕まっていたかも知れないのよ。孝昭はあなた達を助けようとしているのだと思う。そして、ね！　あなた達が誰に命を狙われていようとも、殺されるくらいなら、警察に捕まって無事でいてくれる方がどんなに幸せかしら？　親御さんも、孝昭も、そして一番にあなた達も、よ。お願い！　今からすぐ警察へ行って！　ね？」

「う、うん」

「う、ん、ん……はい」

戸田と伊達は素直にシッカリと頷いた。孝昭の祖母の表情が和らぐ。

「わかってくれたのね？」

「……はい」

「はい」

「……よかった。よかった……よかった。本当によかった……あなた方ならこのおばあちゃんのお説教をわかってくれると思った」

戸田と伊達は内心複雑だった。

（俺、誰ぞに今までコゲに信じてもらえたことんあっつろか？　……なかったえな。ん、なかった。全然なかった。一遍もなかった。コゲに人に褒めちもろうたこともなかったしぃ……なんか、嬉しい。嬉しい！　俺、めちゃ嬉しいしいいしい！）

（羽束あ、俺、ホントに今生きとってよかったや！　よかったとホントに思うとるぜ！　お前のばあちゃん、最高！　お前、ホントに最高のばあちゃんを持ったなあ。マジ最高じゃんか！　マジエエばあちゃんやんかあ。俺！　お前のばあちゃんをお前の代わりに、今から大事にするけんの。お前がばあちゃん孝行出来なんだ分まで俺ん、ちゃんと孝行するけんの。見ちょっちくれや。どうか天国から見よってくれよ。のお！　孝昭君よ、俺、お前という最高の友達を持てち、本当に幸せじゃあ！）

二人の気分は高揚していた。今までのフラフラした善悪の判断の揺れが収まった気がしている。

「あ、あの」

「はい？　なんですか？」

「あ、はい！　あ、あの、俺！　ば、ばあ、ばあちゃん、ばあちゃんと呼んでもいいですか？」

「あらあ！　あはは！　あなた、さっきから私のこと、ばあちゃんて呼んでくれてるじゃない？　イイわよ。イイに決まってるでしょ」

「あ、ありがとうございますう！　あ、あの、ばあちゃん！　俺、ばあちゃんに手紙ぃ、あ！　手紙みたいに長いのは俺苦手やけん、葉書でもエエですかあ？　俺、ばあちゃんに手紙、あれ？　あ、葉書出したいんですう！」

「ま！　あらあ」

「あ、迷惑ですか？」

「全然迷惑じゃないわよお。むしろ嬉しいくらいよ。嬉しいわ！　だってね、孝昭もね。レッドの寮へ入っても、しょっちゅう電話くれてたのよ。だから、ね、とにかく、ね、いつでも、どこからでもいいから、葉書でいいからちょうだいね。待ってるからね。私も返事書くからね。読んでね」

「あ！　はいい。ありがとうございますう！」

「あなたのことはウチの家族に話しておくから、ウチへの遠慮はしないでね。堂々と送って来てちょうだいね」

「は！　はいい！」

孝昭の祖母の表情が、戸田と伊達の目には最高だと映ったほどに輝く。二人には輝いたように見えている。

「あ、そうだ！　これは言っとかなくっちゃ」

「？」

「え？」

「あ、あのね。孝昭は私達にね、最高のお土産をね、残していってくれたの。といってもねえ、残された者は辛いわよお。私達はとっても幸せなんだけれどもねえ」

「？」

「……」

「あのね。孝昭のお葬式の日にね。とっても美人でスタイル抜群な可愛らしいお嬢さんが来られてね。その子、レッドの工場で働いてる子でね。藤原さんて子なの。藤原美希ちゃんて子なの。知ってる？」

「？　あ、いえ。ごめんなさい。俺は」

「知らない？」

「はい、知らないです。別のラインの子じゃなかろか」

「あらぁ、そうだったのぉ」

「あ、はい。俺、孝昭君とは同じラインでしたけんど、その」

「あらぁ、それは残念ね。あのね、実はね」

(妊娠してんだろ?)

伊達の脳が呟いた。

「オメデタだったのよお!」

「!　ええええっ!」

「……」

(やっぱし)

「うふふ、そうなの。それがね、凄いのよ。美希ちゃんたらね、妊娠したこと全然気付いてなかったんですって」

「?」

「男の子にはわからないでしょうねえ。あのね、美希ちゃんね、ツワリが全然なかったらしいの」

「ああ、それでぇ」

伊達が納得した表情で返す。

「そうなのよお。でね、なんとぉ、妊娠五ヶ月よ、五ヶ月！」

「？」

「ええっ！」

「びっくりでしょう？」

「ああ、いくらなんでも」

「あはは！　でしょう？　でね、それがね。お葬式の前日にね。お腹が妙な膨らみ方してることに気が付いてね、それで病院へ行ったんですって。そこでオメデタがわかったってわけなの」

「ぷ！」

「……」

戸田は話の内容に付いていけない様子である。伊達はいちいち納得している。

「美希ちゃんね。普段から生理、あ、生理知ってる？」

「あ、はい、まあ、一応、はい、まあ知ってます」

「……」

「あは！　あら、ごめんね。ちょっと話が露骨だったかしらね。でもあなた達も遅かれ早かれ経験すると思うのよ。だから知っていて損はしないわよ」

「あ、はいぃ、そう、そうです、ねえ」

「……」

「でね。美希ちゃんね、生理がいつも定まらないものだから、全然気が付かなかったんですってよ。あは！」

「……」

「は、あ、それ、は、それ、は」

「あは！　それでね。美希ちゃんもね。もう今回のことではとてもショックだったんだけどね。それでもお嫁に来てくれたのよ。健気でしょう？」

「……あ、はい」

「そうです、ねぇ」

「でしょう？　そうなのよお。それでね。いろいろとね、美希ちゃんのご実家ともお話し合いを進めたし、まずは何より先に美希ちゃんの希望を聞いたの。そしたら、美希ちゃんはね、『私は孝昭さんの妻でいたいです。だって孝昭さんから愛の結晶を授かったのですから。どうか、孝昭さんのお嫁さんにさせてください。私を羽束家のお嫁さんにしてください』って。もう！　もう！　私ね。感謝感激大感動よ。もう大泣きしちゃったわ。だってね。どこの誰が、よくない死に方をした人の家へお嫁に来てくれますか？　お腹の子供は堕《お》ろしちゃうに決まっているでしょ？　それなのに……ねえ。もう、私達、羽束家は全員大賛成の大感謝よ。だって孝昭の大事な忘れ形見を守ってくれてたのよ。もう我が家は総挙げで美希ちゃん大歓迎よ。美希ちゃんは今では立派な羽束家の若嫁様よ」

「それはそれは、とりあえず、おめでとうございます！」

「おめでとうございます！」

「ありがとう、ありがとう！　おかげ様でね、赤ちゃんも無事に生まれてくれたの。でね、なんと、なんと双子！　双子なの」

「！」

「えっ！」

「もう羽束も藤原も両家で万々歳よ！」

「それはそれはおめでとうございます」

「よかったですねえ！」

「ええ、本当によかった！　本当によかった。美希ちゃんも産後の肥立ちもすごくよくてね。赤ちゃんも揃って元気だしい。あらあ！　自慢しちゃった！」

「わはは！」

「いやぁ、イイことですよお！　それ、なあ？」

「なあ。ん、ホントによかった。ホントによかった」

「ホントにね。ホントに、美希ちゃん、気立てもいい子でね。子育ても一生懸命頑張ってるしね。私もね、もうひと頑張りでね。美希ちゃんを毎日応援して一緒に子育て、あら、私は曾孫育てよね。あは！　そう、曾孫育てを手伝ってるトコロなのよ」

「大変でしょう?」

「大変ですねえ？」

「ええ、もう！　それは大変よお。大変大変！　でもね。楽しいの。孝昭のお兄ちゃんの子供は、もうね、小学生だから落ち着いてるしね。だから手がかからないの」

「じゃあ、その、孝昭君の奥さんは今はレッドを退職なさって？」

「ええ、もちろん。だって子育てが大変でしょう？　でも大丈夫よ。私もいるし、孝昭のお母さんも頑張って面倒見てくれてるしね。それにね、藤原のご両親も時々お見えになるのよ。もう、孫が可愛くて仕方ないってね。確かにその通りよ。でもやっぱり一番偉いのは美希ちゃんよ。孝昭がよくない死に方したのにねえ。ホントに貞淑でホントに健気で。……正直思うのよ。男が女を欲しいと思うようにね、女も男を欲しいと思ってるのよ。だけど美希ちゃんはそれが出来ないの。もう本当に可哀相でねえ。だから、美希ちゃんはまだ若いからね。子供が成人でもしたら、自由に恋愛をさせてあげるべきだと、私は孝昭のお母さんに相談してみたの」

「なるほど」

「……」

「それでね、孝昭のお母さんもそれは考えてたんですって。もちろん、だからといって羽束を追い出すわけじゃないのよ。そこから別のお家へ再婚したいなら、改めて羽束の娘ということにして、羽束家から立派にお拵えをさせてお嫁に行かせてあげようねって、今から決めてるの。もちろんね。孝昭の子供は羽束の子供のままよ。それが一番幸せですものね」

「はぁ、確かに、いいお考えだと思います。僕も賛成です」

「……」

「そう思ってくれる?」

「はい」

「まあ、ありがとう」

「……あの、急にお話の腰を折るようんなってイケンのですが」

戸田、孝昭の祖母の話に巧いこと相槌を打つ伊達のようなわけにはいかない性《しょう》(性格)の様子である。話を切り上げたくなってきたのであろうか。

「ん?　なあに?」

「あぁ、あの、き、今日は急にお邪魔したりして、お土産も持って来ませず、えらい申しわけございませんでした」

（……）

戸田は、己の上体を九十度折ってお辞儀し、伊達も慌てて彼に倣う。

「ん、まあ！　そんな」

孝昭の祖母はびっくりした表情を前面に出した。

「そんな……まあ、大袈裟なぁ。……ありがとう。本当にね。あなた方が来てくれて私は本当に嬉しかったわよ。あなた方のおかげで私も一つ吹っ切れたし、また頑張らなきゃって元気が湧いてきたのよ。もし孝昭が生きていたら、あなた方を見て、もう大喜びしたでしょうしね。もう間違いなく喜んだわよ。それに、ねえ。私もいろいろ今の幸せを……この通りとっても元気なヒイおばあちゃんをやってられる幸せを噛み締めていられるんですものね。それに、あなた方にも思いっきり自慢しちゃったわよねえ。ごめんねえ。あははは！」

「あ、あぁ、はは、いえ。いや、はははは！」

「孝昭君のばあちゃんが自慢するくらい元気でおってもろうて、俺ら、マジで嬉しいです。安心しました。ホントによかった、ホントによかったです。来てよかったです。これ、ヒョッとしたら孝昭君がそのことを知らせとうて、俺らを呼んぢくれたんかも知れません。たぶんそうじゃと思います」

「……そうね、そうよ、きっと！　きっと孝昭はあなた方に知らせたかったのよ。そしてねぇ、こうやって皆でワイワイ騒ぎたかったのよ、きっと」

「はい」

「きっとそうですね」

戸田は石塔へ向き直った。石塔の両脇に立つ花立てへたくさんに生けられている青々としたシキビ（樒）が、日を反射してレモン色に輝いている。

（……）

彼が拝み出したのを見て、伊達も倣った。

「まあまあ……ありがとう」

孝昭の祖母も二人の後ろで手を合わせる。

「まあ、あなた達。今日はお茶も出さないでごめんなさいね。私も今から、今日はもう畑はこれでおしまいにしなきゃね。家の仕事が待ってるしね。約束ね！　ぜひ今度こそ家へ遊びに来てね。私の家に泊まればイイからね。待ってるからね。あなた、必ずお便りちょうだいね。年に一回でもイイから、年賀状だけでもイイからお便りちょうだいね。私も必ず出すからね。あ！　住所、わかる？」

「あ、はい！　知ってます。孝昭君が前に教えてくれとったけん。はい！　必ず出します！　字は巧《うも》うないし、文も下手やけんど読んでください」

戸田は孝昭の祖母の両手を、自分の両手でしっかり握った。

「まあまあ……ありがとう、ありがとう！　私ね、孝昭が今ここにいるような気がするのよ。あなたの手が孝昭の手のような気がするのよ。孝昭もあなたと同じ手をしていたものね」

「いますよ！　絶対、今ここにおりますよ。俺の体に乗り移っとるかも知れん。やけんど、それでエエんです。俺に乗り移って、ばあちゃんの手を握っとって欲しいです」

「ん、ん」

「……」

「ありがとう」

「ばあちゃんこそ、元気でおってください」

「待ってるわよ」

戸田は石塔に背を向け、羽束家墓所を出た。伊達も後を付いて出る。

「ホントに今日はすみませんでした。ほで、ありがとうございました」

孝昭の祖母へお辞儀をする。伊達も彼に倣った。

「こちらこそ」

孝昭の祖母も二人へお辞儀をした。三人は農道を、元来た方向へ向かって歩き出す。山陽本線を貨物列車が走って来る。三人は黙って貨物列車を眺めながら、貨物が通る高架の下を潜った。

貨物は連結が長いのでなかなか通り過ぎない。これが通り過ぎるまで三人は喋るのをやめていた。声を張り上げて喋ってもお互いの声が聞こえないからである。

「ああ、やかましかったぁ」

伊達が呟いた。

「わはははは！」

「そうねえ。あはは！」

「じゃあ、俺らはここで」

「あら、ここでお別れ？」

「あ、はい。ここで待ちよったら友達が拾いに来てくれるんで」

「あら」

「俺らん、言うか、戸田がここで車を降りたもんやけん。俺が戸田を追いかけて行《い》たんですよ。そんぢ、後《あと》の（他の）友達ん、ここらへんを暇潰しに走りよるう思うんです」

「あらそうだったのぉ？　じゃあ、私は帰るわね。私は今あなた達と歩いて来た道を戻るから。お墓の向こうに橋があるのよ。そこから帰った方が早いのよ」

「あ、そうなんですか？」

「そうなのよ。お墓へは入らず畦道沿いに歩いて行ったら橋があるから。その橋渡ってすぐだからね。『羽束』って家はこの辺りではウチだけだからすぐわかるわよ。今度来る時は直接家へ来てね」

「あ、はい！　ぜひ！」

「待ってるからね。元気で頑張るのよ」

「はい！　あの、ばあちゃんも！」

「ありがとう。じゃああなた達も気を付けて帰るのよ」

「はい！　ばあちゃんも気を付けて」

「ありがとう」

「ありがとうございました」

「あなた、ホントにイイお友達ね」

孝昭の祖母の手が、伊達の左の二の腕をポンポンと軽く叩いた。

「え？」

「お友達のこと見捨てたりせずに、ちゃんとここまで付き合っているのですものね。あなたホントにイイ子よ」

「あ」

「あは！　あ、そう、ですね。確かにそうですね」

「でしょう？　あなたもそう思うでしょう？　誰がここまで付き合ってくれますか？」

「はい、真に」

「でしょう？　あなた、このお友達を大事にしなきゃダメよ」

「はい！」

「ね？」

「あ、ありがとうございます」

「お前、生まれて初めて褒められたんやないんか？」

「やかましや、お前こそ」

「わはははははは！」

「誰でも一つはいいところを持って生まれているものよ」

「そう、です、かね」

「そおよお」

「……だって」

「……そ」

「……じゃあ、私は帰るわね。あなた達、くれぐれも気を付けて帰ってちょうだいね」

「あ、はい！　あ、ありがとうございました！」

「ありがとうございました！」

「じゃあね」

「おじゃましましたぁ」

「おじゃましましたぁ」

「はい」

孝昭の祖母は山陽本線橋脚の向こうへ隠れた（見えなくなった）。

真相

「……」

「……」

「あ」

「？」

「あ、あぁ、あの、きょ、今日、今日はどうも、どうもありがとう」

「あ、はぁ、い、いえ、どうもいたしまして。どうも、お疲れ様でした」

「あ、いえいえ、あぁ、あの、伊達、伊達、君《くん》、も、お疲れ様でした」

「あ、はいぃ」

「ぷ！」

「へへへ」

「……疲れたねや」

「疲れたねや」

「腹減った」

「俺も」

「……正直、お茶ぢも……ん」

「ん、正直俺も、お茶ぢも、何かチョコッとした物ぢも食わしちくれるんやろうかぁ思うち、チイと期待しとった」

「チイと」

「チイと」

「ん、俺も、その辺は期待しとったり何《なん》かしとったりして」

「ぶ！」

「怒られそうななえ」

「二度と来るなぁ言われそうななえ」

「言われるねや」

「言われる」

「ねや」

「まあ、確かに。今、俺らん行たら迷惑かも知れん」

「……ん、やけんどよ、お前んコッチ（愛媛）へ戻《も》んちから経つことは経つやろ？　一ヶ月とか二ヶ月やあらすまい？　いつまぢも引きずるかねえ？」

「……わからんねや。まあ、向こうにしち見りゃ、嫁さんが綺麗《きれえ》でグラマーな人やけん、チョンガー（独身）の俺らに見せとうなかったんやろ」

「！　お前、まさか！　あの、嫁さんのこと知っとったがか？」

「お？　おお、知っとった」

「……じゃ」

「言えるわけないやろが？　だいたい俺もたまにチラッと見たくらいなもんよ。確かに嫁さんはぁ、俺らとは違うラインにおったんやけん。やけんど、アレと野郎ん付き合いよったぁゆうがまでは、マジ知らんかった」

「……嫁さんいうち、その羽束ぁいうのと対《つい》な（同じ）高校とか行きよったん？」

「いや、何か、あの嫁さん、見かけんアゲなけん。結構、野郎らん（に）、ケツ追わえ付けられよったようなけんどん……まあ、そん中の一人ん言いよったにゃぁ、嫁さんは中卒じゃあ言うて」

「ああ？　中卒う？」

「ん、中卒と」

「ふうん」

「じゃ、羽束ぁいうがは？」

「アレは高校中退」

「え？　そうなん？」

「そ」

「じゃあ、俺らと対かぁ」

「対やなあ」

「でも真面目やったんやろ？」

「何様《なにさま》（何しろ）、勉強ん嫌いやったらしぜ」

「なんぞ、ますます俺らと対じゃん」

「対よ」

「何か、粘土掘る（しつこい）みたいなんで嫌じゃろうけんどねや。お前、そんだきあの羽束ぁいう奴と仲んよかったんなら、羽束も羽束よのぉ。お前にチョッとくらい相談とかしちくれとっちもよかったがにねや。のう？　ん、まあ俺やったち、ん、大方オノロケんなりそなけんどねやあ、わはははは！」

「嫌ぞよぉ！　人の（自分以外の）ノロケなんか聞かされたち、何《なに》ん嬉しもんかい！」

「わはははは！」

「……やけんど、確かにお前の言う通りよ」

「？」

「阿奴《あやと》ん何故《なし》言うちくれなんだんか、それは確かに不思議ぢイケン。もしかしたら、まあ、ねぇ、俺もちょっと阿奴の嫁さんに気んあったけん、ソレん気ん付いちょったかも知れんしぃ」

「なん？　好きやったん？」

「いや、好きぃ言うよりか、やりたいいいいう意味よ」

「ぶううううっ！」

「ふ」

「わっはははは！」

「だって、悪いけんどん、阿奴《あやと》の嫁さん。なんか、ん、なんかエライ可愛らし顔しとる癖に、なんか企んぢょるトコんあるような奴やったけん。のう、なんか勝算があって、そのうえでの、男に迫られたらすぐに大股広げるみたいな感じの奴やったけん。俺は自分の彼女にするにゃぁ嫌やった」

「勝算ん？　勝算なあ……そのこと、羽束に言うたん？」

「言うわけないやろ。同し会社におる女《おんな》モンの悪口《わりくち》ウッカリ言いよったら、俺ら余所者《よそもん》はおれんなるぜ」

「まあ、確かにのう……じゃあ、あ、言うかぁ、今お前ん言うたやんかぁ。ぶ！　何か、あれ、大股広げるみたいなぁ感じい？　言う、ぶ！　て」

「お前何一人で変なこと想像しまりよるがぞぉ？」

「わはははは！」

「ああ？　なん言いてえがぞ？　お前は」

「ぶ！　い、いや、その。その、の。感じぃ言うつろ？　感じぃ言うち。ほで、感じぃいうことはぞ、実際にはソゲなケツん軽《かり》い奴じゃなかったぁいうことやっつろかあ思ちの」

「……ああ、そういう意味かあ。ああ、アレはの、真《まこと》よ」

「嘘！　ホントやったん？」

「そ。嘘やのうて、ホントのことなん」

「真《まこと》か」

「お。だって阿奴《あやと》、俺は会社の外じゃ何回か見たもん。なんか見かけるたんびに男ん違《ちご》うたんてや」

「ええっ！　マジい？」

「ん。違いよった。それも一週間に一遍、見てな時もあったん。マジでもう毎回ヘラヘラ笑いよったわえ。男の車の助手席でねや」

「へ？　ヘラヘラァ！　ヘラヘラ言うたち」

「ああ、アレよ。何かブッとる言うんかねえ。あ、ぶりっ子、ぶりっ子よ」

「ぶぅ、ぶりっ子言うたて、古《ふる》や……イイ子ぶりっ子ぉいうヤツか？」

「まあ、ソゲなモンよ。あのねやぁ、古や言うたて、それしか思い付かなんだんやけんしようがないやろぉ？　まあ、ソゲな鍍金《めっき》みてなモンに、コロリ引っかかるような奴らばっかし働きよる会社よ。男も男なら女も女よ。ふん。まあ、早《はえ》え話ん、タダでやれる女やったら、何《なん》ぢもエエみてに考えちょるハイエナ野郎だらけよ。ほで、俺もその一人ぃ。まあ、ソガイ言うたて、レッドの女は怪《け》しからん（不思議なことに）、美人でグラマーなヤツしかおらなんだような気んするねやぁ。今考えちみりゃの話よ」

「ええっ？　はは！　それは真に羨まし。まあ、野郎の方は俺ん前に働きよった会社も対なことよ。ああ、そういうことかぁ。ようするに男の前じゃあ、可愛いっ子ぶりっ子ぉいうヤツ？」

「そう」

「ようするに気取って、男の気を引いとるういうヤツか？」

「そう」

「ふうん、まじエレエ古い言い回しじゃねやぁ。アレ、俺らん中学時分に流行った言葉じゃろ?」

「やったかねや?」

「のう、変なことを聞くようなけんどの」

「お前はいっつも変なことしか聞いて来ん」

「わははは!　その通りよ。あのねやぁ、お前は誰とイチャイチャしよったが?」

「!　この馬鹿ぁ!」

「あは!　でも気になる」

「……俺は専ら玄人さん相手よ」

「?」

「ソープ、ソープ!」

「!　……」

「ソープばっかしでした!　ソープに入り浸りぃ!　ごめんなさい!」

「な、何も俺に謝られたて」

「……まあ、いるこたいった(お金が)けんどの。これん一番後腐れんのうちエエわえ。

阿奴《あやと》ら、今は病気とかの検査も店んやかましゅうにしよる言うじゃん。第一ねや、巧いやろ？　もう俺らみてな糞餓鬼のド素人は大満足やん。奴らの顔さや見なんだら済むことやん。妊娠の心配もセンてエエやん？　安全に大満足しちヤレらエエがやけん。ナンバーワンを指名さやせにゃエエんよ。ついでに延長もせなんだら済むことよ。お前、行たことねえがか？」

「！　あ、あらえ！　あるに決まっとるやねえか！　もう何遍お世話んなったことやら。でも確かに（お金が）いるがてやねえ。あはは！　お前ん言う通りよ。とにかく安全に満足したけりゃソコへ行くが一番よ。それ考えりゃ（お金は）安いモンよ！」

「やろ？」

「よ」

「……」

「……のう。でも、でもよ。さっきの話よ。その尻のエレエ軽い嫁さんよ。のぉ、そんだけ取っ替え引っ替え男を替えよったらねや。それじゃったらイイ加減によ、男共ん気ん付いてよ。下手したら男共にマワされるようんなりゃせんか？」

「いや、悪いけんど、男共も脳なし（鈍い）バッカシやったけん。二股やろが三股やろが、恐らく百股かけられちょったち気ん付いちょらせん。だって、ソゲな噂ひとっちゃ出ちこなんだもん。ソゲなんに気ん付いちょりゃ、すぐに噂んなるけんの。誰ぞは必ず言うち出るもんじゃけんの。コゲなことんありゃ、必ず言わずにゃおれん奴らばっかしやったし」

「……マジぃ？　マジぃ？」

「ん……」

「！　おい！　おいい！　そんならマジ、もしかしてその嫁さんんいうが、羽束の子供ぉ言うがも」

「ん、俺も嫌な予感がしとる」

「もしかせんたて、もしかしてぇ、奴の子じゃないいいいうことか？」

「かも、知れん」

「やったとしたらぁ、羽束は……」

「羽束は奴とはヤッとらなんだぁいうことんなるかも知れん。言うかねやぁ、粗《あら》からあの女は、羽束と付き合いよらなんだんかも知れん」

「やったら、やったらぞ、奴は羽束ん彼女でも何《なん》ぢもないがに、羽束の彼女の振りをしち、他の野郎の子を羽束の子じゃあ言うち……お前、それ、事（一大事）ぞよ！　ましそれん真《まこと》のことやったら羽束のばあちゃんらは騙されちょるやないか！　それ！　ドガイするがぞ？　ばあちゃんら、ばあちゃんら、それ、マジ破家《わや》（絶家や御家乗っ取りに至る禍が持ち込まれること）やないか！」

「……破家よ」

「……おい……おい！」

「なんぞ」

「おい、まさ、か。まさか、羽束の奴。お前にそれを言いとうて、お前をここへ引っ張り込んだんやあらせんか？」

「……」

「お前、これ、絶対、絶対にそうぞ！　絶対にそうぞ。絶対にこりゃあ羽束の子じゃあらせん！　ドガイぞしちゃらんと、ばあちゃんらん騙っされちもうち終わるやないか！　ヤバイぞ、絶対にヤバイぞ、これは！　なんかこれ、絶対にエライことんなりそでイケンぞ！」

「……ヤバイの」

「ヤバイてやあ！」

「……羽束は人んよ過ぎたけん、利用されたんやも知れんの」

「お前、それ、人ごとに言いよるバヤイじゃねえぞ！　ドガイぞしっちゃらにゃあ！」

「ドガイぞしっちゃらにゃあ言うたち、俺んドガイせよ言うがぞ？」

「どぉ、ドガイせよ言うがぞぉ言われたち、よ。そ、それはぁ俺も」

「今の俺らにゃドガイしようもないわえ。俺ん何を証拠に、嫁さんの子ん、孝昭の子じゃねえ言うち行けるがぞ？」

「……ま、あ、ねえ」

「やろ？」

二人の両耳は聞きなれた音をとらえた。違法改造車の排気音である。近づいてくる。


（下巻に続く）

著者プロフィール

森羅 雅美映（しんら きみえ）

昭和 40 年代生まれ。

愛媛県出身、東京都在住。

著書に『伊予国曽我山狸騒動始末記』（ペンネーム：入野篁子、2011 年、文芸社刊）がある。また、本書との同時刊行に『GoGo 地獄《ヘル》！　下巻』がある。

GoGo 地獄《ヘル》！　上巻

2013年11月15日　初版第１刷発行

著　者　森羅 雅美映
発行者　瓜谷 綱延
発行所　株式会社文芸社
〒160-0022　東京都新宿区新宿1－10－1
電話　03-5369-3060（編集）
03-5369-2299（販売）

印刷所　株式会社平河工業社

ISBN978-4-286-14271-5